KB063388

로크미디어가
유혹하는
재미있는 세상
ROK
MEDIA
로크미디어

이것이 삶이다

이것이 법이다 131

2022년 3월 4일 초판 1쇄 인쇄
2022년 3월 10일 초판 1쇄 발행

지은이 자카예프
발행인 김정수 강준규

기획 이기헌 왕소현 박경무 강민구
책임편집 최전경
마케팅지원 배진경 임혜솔 송지유 이영선

발행처 (주)로크미디어
출판등록 2003년 3월 24일
주소 서울시 마포구 성암로 330 DMC첨단산업센터 318호
Tel (02)3273-5135 **편집** 070-7863-8592 **Fax** (02)3273-5134
홈페이지 rokmedia.com **E-mail** rokmedia@empas.com

값 8,000원

ISBN 979-11-354-7345-6 (131권)
ISBN 979-11-255-9575-5 04810 (세트)

자카예프 장편소설

이 소설은 픽션입니다.
등장하는 인물 및 지명 등은 현실과 연관이 없습니다.
또한 소설 내에 나오는 법이나 법리 해석의 경우에도 대중문학의 극적 전개를 위하여 일부분 과장되거나 변형된 것이 존재하니 실제 법과 혼동하지 않으시길 바랍니다.

CONTENTS

악마의 이름으로

오광훈은 검사다. 비록 승진해서 부부장검사까지 되었지만 그래도 현장에 나가는 걸 두려워하지 않는다.

그 때문에 여러 현장을 다녔다.

하지만 이번 사건처럼 참혹하고 끔찍한 사건은 처음이었다.

"우웨엑!"

현장에 도착하자 오광훈을 맞이해 준 건 구석에서 나무를 붙잡고 토악질을 하는 경찰들의 모습이었다.

그가 그걸 보고 눈을 찌푸리자 옆에 있던 경찰이 조심스럽게 말했다.

"현장이 너무 잔인해서요."

"그 정도입니까?"

"오죽하면 경찰이 저러겠습니까? 더군다나 다들 초보도 아닌데."

그러고 보니 토악질을 하는 경찰이 한두 명이 아니다.

젊은 사람이라면 경험이 적어서 그런 거라고 이해라도 해 주겠는데 제법 경력이 있어 보이는 사람조차도 그런 모습을 보여 주고 있다.

"으음……."

그러고 보니 자신을 안내하는 경찰도 얼굴이 핼쑥한 것이, 한번 속을 뒤집은 모양이었다.

"다른 검사님들이 오시면 어떻게 보여 드릴지 걱정할 정도입니다. 일단 과학수사 팀이 오기는 했는데 증거 수집이 아직 안 끝나서요."

"일단 들어가 봅시다."

고개를 끄덕거린 오광훈은 건물로 다가갔다.

가까이 갈수록 풍겨 오는 심각한 썩는 냄새.

"지독하네요."

"아무래도 발견이 늦었으니까요."

경찰은 그렇게 말하면서 마스크를 건넸다.

그렇게 마스크를 쓴 오광훈은 천천히 건물 안으로 들어갔다.

하지만 오광훈은 오래 지나지 않아서 튀어나왔다.

그리고 나무를 부여잡고 그대로 토악질을 했다.

다른 사람이 이미 한 흔적이 있었지만 그 정도는 신경도

쓰지 못할 정도였다.

"우웨에엑!"

한번 속을 뒤집은 오광훈은 경찰이 안쓰러운 얼굴로 다가와서 물병을 건네자 그걸 받아서 입을 헹궈 내고는 어이가 없다는 표정으로 말했다.

"도대체 어떤 미친놈이 한 짓입니까?"

"모르겠습니다. 하지만 상황을 봐서는 한두 명이 한 게 아닌 것 같습니다. 피해자들이 모두 저 꼴인데 저항도 못 한 걸 봐서는."

"미친."

오광훈은 눈을 찌푸렸다. 그리고 주변을 스윽 살펴보았다.

"기자들 없지요?"

"저희도 낌새가 이상해서 보안은 철저하게 하고 있습니다. 다행히 이곳은 고립된 곳이라 사람들이 다니지 않아서 기자들에게 드러나거나 하지는 않았습니다만."

"일단 보도 통제하세요. 이건 바깥으로 나가면 안 될 일입니다. 최소한 해결될 때까지는 말입니다."

"알겠습니다."

"다른 검사들이 오면 한 번씩 보여 주고요."

"네?"

"대충 실적 노리고 일할 놈은 빠지란 의미입니다."

내부의 상황은 참혹하기 그지없었다.

오광훈은 조폭 출신이다.

잔인한 현장을 보기도 했고 직접 사람을 팬 적도 있다.

하지만 이 정도로 참혹한 현장은 단 한 번도 본 적이 없고 꿈에서도 생각한 적이 없다.

"특별 수사본부를 만들어야 할 겁니다. 하지만 기밀에 부쳐야 할 거고요."

물론 그건 돌아가서 그가 해야 할 일이다.

하지만 현재 상황을 보면 그건 어렵지 않은 일일 것이다.

"절대 기자들이 냄새 못 맡게 하세요. 만일 이거 새어 나가면 여기에 있는 모든 사람들을 개별 수사한다고 알려 주세요."

"설마 이런 걸 새어 나가게 하는 놈이 있을까요?"

"그럴 놈은 충분히 있습니다. 이 정도 사건이면 기자들은 눈이 돌아갈 테니까."

그렇게 말하고는 다시 한번 입을 헹군 오광훈.

그는 물을 뱉어 내고 흐르는 물을 닦아 내며 말했다.

"이건 진짜 미친놈들입니다. 절대로 방심해서는 안 됩니다, 절대로."

"네."

경찰이 명령을 수행하러 가자 오광훈은 몸을 돌려서 허름한 산장을 바라보았다.

산속에 버려진 산장. 길을 잃어버린 조난객이 우연히 발견한 곳으로, 살았다고 생각한 조난객은 도리어 충격에 죽을

뻔했다.

버려진 산장이어서 제대로 관리도 안 되는 그 안에서 시체들을 발견한 그는 다급하게 산을 탈출했다.

한겨울 늦은 밤에 그런 짓은 목숨을 내거는 행위였지만 거기에 있다가는 정말 죽을 거라 생각했기 때문이다.

"젠장."

겨울임에도 불구하고 그 버려진 산장을 감싸고 도는 시신의 냄새 그리고 그것보다 더 심각한 죽음의 냄새.

"이건…… 형진이를 부를 수밖에 없겠는데?"

기밀 사건이기에 가능하면 외부에 이야기하면 안 된다.

물론 자신의 판단이지만, 그간의 경험을 생각하면 무조건 100% 기밀 사건으로 분류된다.

그럼에도 불구하고 형진이를 불러야 한다는 생각이 든 것은 이런 사건에 대해 알 만한 건 오로지 단 한 사람, 노형진뿐이었기 때문이다.

"이 미친놈들을 어떻게 해서든 막아야겠어."

오광훈은 핸드폰을 들어 올리며 말했다.

⚖

오광훈에게 다짜고짜 오라고 연락받은 노형진은 일단 현장으로 달려왔다.

어지간하면 이렇게 급하게 오라고 하지 않는다는 걸 알기에 만사를 제쳐 두고 온 것이다.

"저기, 민간인은 좀……."

"내가 책임집니다. 이건 심각한 사건이에요. 다른 곳에서도 이런 일이 벌어지고 있으면 어쩔 겁니까?"

민간인인 노형진이 오자 약간 주저하는 표정이 되었던 경찰은 어쩔 수 없다는 듯 입구를 열어 줬다.

안으로 들어간 노형진은 우선 현장의 상황을 확인했다.

그나마 다행인 것은 그사이 과학수사 팀이 주변을 살피고 시신을 어느 정도 수습했다는 것이다.

그럼에도 불구하고 내부를 본 노형진의 얼굴은 그 어느 때보다 심각하게 변했다.

"어떻게 생각해?"

시신? 물론 참혹한 시신이라는 건 얼마든지 있을 수 있다.

수사를 하다 보면 조각난 시신에서부터 갈가리 찢어진 시신까지 많이 보게 된다.

그럼에도 불구하고 오광훈이 노형진을 부른 건 그 안의 특수성 때문이었다.

"여기 원래부터 이랬어?"

"그래, 발견자가 말한 그대로야. 손도 안 댄 상태고. 현재까지 바뀐 건 시신을 수습했다는 것뿐이야."

"으음……."

노형진은 신음 소리를 냈다.

그럴 수밖에 없다. 이번 사건의 가장 핵심은 시신이 아닌 그 주변이었으니까.

방마다 바닥에 그려진 문양과 벽마다 걸린 괴상한 그림.

그리고 결정적으로, 거실 가운데에 그려진 거대한 마법진과 벽에 걸려 있는 염소의 머리.

"살다 살다 이런 건 내가 처음 봤거든? 이거 뭔지 아냐?"

미친놈들을 많이 본 오광훈이다.

검사라면 그렇게 될 수밖에 없다.

하지만 이런 건 진심으로 말하건대 단 한 번도 본 적이 없다.

그래서 노형진을 부른 것이다.

자신도 모를 정도면 대부분은 모를 테니까.

하지만 노형진이 경험이 많은 걸 알고 또 전생자라는 걸 알기에 혹시나 알까 하고 부른 것.

"딱 한 번 봤지."

아니나 다를까, 노형진은 그 어느 때보다 더 심각한 표정이었다.

"언제?"

"내가 회귀하기 전에."

"이거 뭐 하는 놈들인데?"

"악마 숭배자들."

"악마 숭배자들?"

"그래, 악마 숭배자들."

눈을 찡그리며 말하는 노형진.

"가장 골치 아픈 놈들이야. 가장 잔인한, 그 자체가 악마인 놈들이지."

노형진은 이를 악물며 말했다.

⚖

"악마 숭배자?"

"그런 게 진짜 있었어?"

상황이 상황이기에 검찰 내부에서는 노형진을 회의에 불렀다.

악마 숭배자라는 건 한국 검찰은 들어 본 적도 없는 이들이니까.

"아마 한국에서는 처음일 겁니다. 미국에서도 아주 드문 사건이니까요."

악마 숭배자란 말 그대로 악마를 신으로 모시는 놈들이다.

루시퍼니 사탄이니 하는 존재들 말이다.

"그건 나도 압니다. 신의 대척점에 있는 자들 아닙니까?"

"맞습니다."

"그런데 왜 그런 놈들이 여기서 나타나는 겁니까?"

"일단 이 악마 숭배교에 대해 아셔야겠네요."

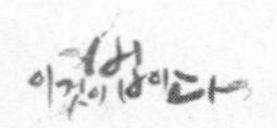

악마라고 부를 만한 존재는 모든 종교에서 나타난다.

기본적으로 신에게 대적하며 인간에게 해를 끼치는 존재는 신화에서는 빠질 수 없다.

빛이 있으면 그림자가 존재하듯이 비교 대상이 있어야 신의 권능과 자비 등을 이야기할 수 있기 때문이다.

"그런데 일반적으로 악마 숭배교는 크리스천, 즉 기독교나 천주교를 기반으로 나타납니다."

사탄이라는 존재를 신으로 모시며 신에게 대적하는 놈들로 나온다.

"그런 놈들은 궁극적으로 세상을 멸망시키고 그 안에서 악이 승리한다고 생각합니다."

"그거 미친놈들 아닙니까?"

"미친놈들이지요. 하지만 현실을 보면 대부분 악이 승리하는 모습이 보이니까요."

돈이 있으면 죄를 없앨 수 있고, 증인을 죽이면 자신이 풀려난다.

악독한 짓을 더 많이 할수록 점점 사법 처벌에서 멀어지는 모습이 보이는 게 바로 현대의 한계다.

"서부 시대처럼 그냥 범죄자라고 쏴 죽이거나 교수형 시킬 수 있는 시대가 아니니까요."

그러한 모습을 보고 악의 승리를 확신하기 시작한 미친놈들은, 악이 승리했을 때, 정확하게는 악마가 승리했을 때 그

권력을 누리기 위해 악마를 숭배하기도 한다.

"모든 악마 숭배교가 다 그런가요?"

"다 그런 건 아닙니다. 사실 종교적인 부분에서 본다면 결국 악마 숭배교 자체도 그저 그런 소수 종교 중 하나거든요."

당장 미국에서는 하나님이 중요하지만 바로 위의 멕시코만 가도 뼈로 장식한 사신을 신으로 모신다.

미국인의 입장에서는 그 자체가 바로 악마인데 말이다.

"그걸 뭐라고 할 수는 없지요. 문제는 그 악마교의 일부 변종 교단입니다. 기본적으로 악마교는 원시적이거든요."

"원시적이라고요?"

"애초에 그렇게 될 수밖에 없었지요."

역사학적으로 보면 악마로 규정된 많은 존재들이 과거에는 다른 신인 경우가 많다.

종교적 발전이라는 인문학적인 면에서 본다면, 종교전쟁은 끊임없이 새로운 종교가 구 종교를 찍어 누르고 생성되는 과정이었다.

"과거의 종교 하면 생각나는 게 뭡니까?"

"으음…… 인신 공양, 제물……."

"맞습니다. 그런 게 발전되지 않은 과거의 종교의 형태이지요."

실제로 여전히 많은 종교 행사에서 제물을 바치는 문화가 있다.

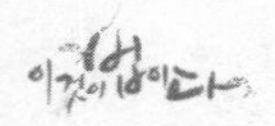

"그중 일부는 인간을 최고의 제물로 치지요. 가령 아즈텍 문화는 인신 공양으로 제단에 피가 마를 날이 없었다고 하지요."

악마교는 그렇게 낙후된 종교 중 하나다.

그리고 이미지 자체가 좋지 않다.

"그런 악마교를 믿는 놈들은 실제로 인신 공양을 하는 경우가 종종 있습니다."

물론 외부에 드러난 악마교는 제물이라고 해도 염소 같은 걸 바치는 정도다.

그리고 그걸로 정부에서 터치하지는 못한다.

어찌 되었건 종교의자유가 있고, 설사 주류 종교에서 벗어나 있다고 해도 그들의 문화이니까.

"하지만 인신 공양은 이야기가 다르지요."

기독교적인 악마의 기록을 보면 악마는 인간의 영혼을 탐한다고 되어 있다.

그 때문에 인간이 최고의 제물이라고 생각하는 거다.

"무슨 말도 안 되는……."

"말도 안 되는 일이기는 합니다. 하지만 실제로 있었던 일이니 없다고 부정할 수는 없습니다."

악마 숭배자들이 없다고 부정할 수 있다면 얼마나 좋겠는가?

하지만 세상에 미친놈들은 많고, 그들이 제대로 된 선택을 하지 않는 경우 지옥이 열리는 건 흔한 일이었다.

"하지만 왜 하필이면 한국입니까? 그런 건 보통 미국이나 유럽 쪽 문화 아니에요?"

한국에도 기독교와 천주교 관련 종교 시설이 있다지만 그렇다고 해서 그 대척점인 악마가 숭배될 정도로 적대적인 문화는 아니다.

정확하게는 문화적 특성상 신의 대적자인 악마가 자리 잡기에는 뭔가 부족한 경우가 많았다.

"확실히 악마 숭배자들은 유럽과 미국의 기독교 문화 지역에서 많이 나타납니다. 좋게 말하면 별도의 종교이고 나쁘게 말하면 일종의 반감의 결집인 셈이죠."

"그런데 왜 하필 한국이란 말입니까?"

"그건 모르죠. 개인의 선택이니까. 해외에서 악마 숭배자들이 들어와서 포교했을 수도 있고."

물론 신을 믿지 않는다고 해서 다 악마를 믿는 건 아니다.

"보통 기존 종교에 강력한 반감을 가지고 있거나 현재의 자신의 권력을 유지하고 싶어 하는 놈들이 많이 믿지요."

"그렇게 멍청한 놈들이 있을라고."

"뻔히 보이는 사기에도 속아 넘어가는 게 인간입니다. 하물며 종교라면 어떻겠습니까?"

더더욱 사람을 속이기 쉽다.

"그리고 그건 일종의 해방구이기도 하지요."

"해방구라고요?"

"모든 종교에는 교리가 있습니다. 그리고 그 교리는 대부분 인간 사회 전반에 강력한 규칙으로 작용합니다.”

남을 속이지 말라, 간음하지 말라, 살인하지 말라 등등 모든 종교의 교리에는 인간이 서로 어우러져 살아갈 수 있도록 하는 내용이 담겨 있다.

“그런데 살인마 같은 놈들은 그게 마음에 안 드는 거죠.”

“그런 놈들은 그런 게 있어도 결국 살인하지 않소?”

“살인은 합니다. 하지만 동시에 두려움도 있지요.”

진짜 신이 있으면 어쩌나? 진짜로 지옥에 가면 어쩌나?

“악마교는 그 두려움에 대한 훌륭한 해결책이지요.”

악행을 많이 할수록 악마의 총애를 받아서 영원히 권력자가 된다.

그게 악마교의 기본적인 교리다.

“당장 교도소에서 가장 많은 지지를 받는 종교가 뭔가요?”

“기독교지. 끄응, 알 것 같군.”

실제로 교도소에서는 기독교를 믿는 비율이 어마어마하다.

반성해서? 유감스럽지만 아니다.

그런 인간들이었다면 애초에 감옥에 오지도 않는다.

“기독교는 용서의 권한이 피해자가 아닌 목사에게 있으니까요. 범죄자들 입장에서는 힘들게 피해자에게 용서를 비는 것보다는 목사에게 고개 한번 숙이고 용서받는 게 편하거든요. 범죄자들의 마인드는 일반인과 다릅니다.”

그들은 종교조차도 자신을 위해 이용해 먹는 놈들이다.

그런 놈들에게 악마교는 날뛸 수 있는 가장 큰 핑계를 대준다.

"으음……."

그러한 구조 때문에 악마 숭배교에는 멀쩡한 놈이 들어갈 수가 없다.

"혹시 가짜 아닐까요? 뭐 그런 거 있지 않습니까? 악마 숭배자인 것처럼 꾸며서 추적을 피한다거나."

"피해자가 한 명이라면 그럴 수 있지요."

하지만 피해자가 무려 세 명이다.

더군다나 그들은 실종 신고가 된 사람들이고 서로 아무런 관련이 없다. 살던 곳도 저마다 다르다.

접점이 전혀 없다는 거다.

"결정적으로 악마 숭배자로 꾸미는 경우는 필요 이상으로 잔인한 행동은 하지 않습니다. 원한을 가진 거지 종교적 목적은 전혀 없으니까요."

그에 반해 이놈들은 시신을 모두 해체하고 장기를 사방에 널어놨다.

아무리 큰 원한을 가지고 있어도 그런 식으로까지 행동하지는 않는다.

오죽하면 경험 많은 경찰들이 오바이트를 하겠는가?

"다른 프로파일러들은 모르겠다고 하던데."

"악마 숭배자의 살인은 미국 내에서도 극도로 적은 숫자입니다. 널리 알려지지 않은 사건들이 대부분이지요. 그리고 현재 활동하는 대부분의 프로파일러들은 한국에서 배운 사람들입니다."

미국 내에서도 그다지 배울 일이 없는 게 악마 숭배자들의 범죄다.

그런데 한국에서는 아예 문화적으로 그런 일이 전혀 없었다. 그러니 그런 행동에 대한 조사가 이루어지지 않았을 수밖에 없다.

"범죄는 모두 다 똑같은 게 아닙니다. 문화권과 생활환경에 따라, 패턴이 다릅니다."

악마 숭배자들의 범죄는 전형적인 서양의 범죄 중 하나였다. 지금까지는 말이다.

"그러면 악마 숭배자들이 진짜란 말인가."

오광훈은 입술을 깨물며 말했다. 그건 진짜 생각하지 못했으니까.

검찰들도 다들 걱정스러운 표정이 되었다. 전혀 새로운 범죄의 스타일에 어떻게 대응해야 할지 모르겠다는 표정이었다.

"악마 숭배자들의 가장 큰 문제는 바로 종교적 교리를 기반으로 행동한다는 겁니다."

노형진의 말에 누군가 조심스럽게 물었다.

"그러면 악마 숭배자들은 일종의 종교 테러 단체로 보면 됩니까?"

확실히 종교적 목적을 가진 테러 단체는 많다. 이슬람 극단 세력이라든가 사이비 종교라든가 하는 식으로 말이다.

심지어 알려지지 않았을 뿐 기독교 계열 테러 단체도 존재하기는 한다.

"애석하게도 아닙니다. 사실 악마 숭배자들의 범죄 방식은 아직 분석되지 않았습니다."

"분석되지 않았다고요?"

"일단 사료가 너무 작습니다."

사건 자체가 적다 보니 비교 분석할 대상이 많지 않다.

물론 그게 없다고 해도 분석이 불가능한 것은 아니다.

"그런데 이러한 악마 숭배 단체의 공격은 예측할 수가 없다는 게 문제입니다."

테러라는 것은 결국 자기 시위를 하는 행동이다.

상징적이거나 실질적인, 특정 목적이 있다.

"혼란을 일으키거나 자신들의 힘을 과시하는 것이 바로 테러 단체의 목적입니다."

그래서 외부에 그게 드러날 기회도 많고, 그걸 찾아내서 막는 것이 바로 경찰과 국가의 일이다.

"그런데 이런 놈들은 개인별 범죄가 집단적 범죄로 변한 성향에 가깝지요."

이들은 테러나 사회 혼란을 일으키려는 게 아니다.

오로지 인신 공양이라는 과정을 통해 악마에게 제물을 바치는 거다.

"다시 말해서 피해자가 완전 랜덤이라는 겁니다. 이번 사건처럼요."

조사 결과 피해자는 세 명.

20대 여성이 한 명, 30대 남성이 한 명 그리고 40대 남성이 한 명이었다.

"쉽게 표현하자면 묻지 마 살인이 집단 규모로 벌어진다는 겁니다."

"으음…… 묻지 마 살인."

간단한 표현이지만 검사들은 대부분 이게 얼마나 골치 아픈 문제인지 바로 알아들었다.

해결하기 가장 힘든 사건 중 하나가 바로 묻지 마 살인이다. 원한도 없고 관계도 없는 놈이 살인을 저지르니 접점을 찾을 수가 없기 때문이다.

그나마 CCTV가 많은 곳에서 저질러진 짓이라면 추적이라도 가능한데 그렇지 않으면 추적도 쉽지 않다.

"집단적 묻지 마 살인이라는 게 얼마나 골치 아픈지는 아실 겁니다."

그건 CCTV의 추적도 힘들다. 한 명이 아니라 세 명만 되어도 서로 돌아가면서 대상을 추적하거나 하면 어려워진다.

"더군다나 악마 숭배자들은 멀쩡한 사람으로 위장하고 있을 겁니다."

"멀쩡한 사람?"

"악마잖습니까? 그런 놈이 추구하는 건 뻔하지요."

"끄응, 그렇겠군요."

대부분의 종교에서는 진리와 진실을 추구한다.

하지만 악마는 인간에게 해를 끼치기 위해 존재한다.

"얼마 전 모 종교에서는 교주에 대한 부정이 불가능했지요."

신에 대한 부정은 가능하지만 교주는 그 자체가 살아 있는 신이기에 부정이 불가능했다.

그래서 그걸 이용해서 그들을 걸러 냈다.

"하지만 악마 숭배자들은 그걸 신경 안 씁니다."

집안에 성물을 두고 예수의 사진을 걸어 둬도 신경 쓰지 않는다. 악마의 본질은 속임수이니까.

"악마를 부정하게 한다거나 하는 식으로 추적하는 것은 불가능합니다."

어쩌면 멀쩡하게 종교 시설에 나가면서 표적을 정할지도 모르는 일이다.

악마 숭배자들을 추적하는 게 가장 힘든 원인이 이거다.

불특정 다수에 대한 불특정 다수의 공격. 이게 바로 악마 숭배자들의 방식이었다.

"아마도 이번에는 무척이나 힘든 사건이 될 겁니다."

그리고 이번에는 노형진이 절대로 농담을 하는 게 아니었다.

⚖

"확실히 달라지기는 했네."

대충 설명이 끝나자 노형진은 검찰 내부에서 잠깐 오광훈과 이야기를 나눴다.

그동안 끝까지 노형진을 받아들여 주지 않던 검찰이 많이 바뀌었다.

그동안 버티고 버티던 적폐들이 모두 사라지고 나서 공식적으로 외부 자문을 받는 걸 허용한 것이다.

"웃기지 않아? 그러니까 일이 확 줄었어."

"그동안에는 멍청했던 거지."

검찰은 외부의 자문을 거의 인정하지 않았다.

그래서 외부 의사들이 이건 명백하게 의료 사고라고 인정하는 사건도 검사들이 마음대로 종결 처리하기도 하고, 반대로 외부의 전문가가 불가능하다고 하는데도 끝까지 기소하기도 했다.

그러나 외부의 자문을 받으면서 전문적 사건에 대한 해결 속도가 빨라져서 결과적으로 검찰 내부가 엄청나게 바뀌었다.

"잘려 나간 놈들이 어디 한두 명이냐?"

"하긴 지금 탄핵 때문에 살벌하지?"

좀 독하게 말해서 각 지점장급의 70% 이상이 잘려 나갔을 정도로 내부 부패는 개판이었다.

그런 부패가 모두 잘려 나가자 잠깐인지는 모르지만 일단은 깨끗해진 상황.

"그런데 그 악마 숭배자라는 놈들이 그렇게 골치 아픈 줄은 몰랐다."

"나도 걱정이다. 악마 숭배자들은 미국에서도 가장 잡기 힘든 타입의 범죄자야."

"네가 봤던 사건은 어떤 거였는데?"

"칼 구스타프 사건."

"첨 들어 보는데?"

"알려진 사건은 아니지. 하지만 큰 사건이었어."

칼 구스타프는 악마 숭배자이자 악마 교단의 교주였다.

그는 악마 숭배를 하면서 신도들을 모았고, 그렇게 모은 신도들은 총 마흔 명쯤 되었다.

그들은 사람들을 납치하여 제물로 삼았다.

"그들이 노린 건 히치하이커나 산에 야영을 온 사람들이었지. 그런 사람들은 사라져도 추적이 힘드니까."

그렇게 끌려간 사람들은 악마 교단의 희생자가 되었다.

"그들이 숨어 있던 곳은 미국의 숲이었어. 매번 장소가 바뀌었기에 경찰이나 산림 감시원들도 위치를 확인하지 못했지. 그렇게 인신 공양이 끝나면 모든 증거를 다 없앴거든. 그리고 미국의 산속에는 여전히 산짐승들이 많으니까."

시선을 던져두면 피 냄새에 그런 야생의 짐승들이 몰려드

니, 설사 발견된다고 해도 곰에게 습격받았다고 생각하는 게 대부분이었다.

"어쩌다 걸린 거야?"

"기록에 따르면 블랙박스가 문제가 된 거라고 알려져 있어."

"블랙박스?"

"지금이야 차량용 블랙박스가 널리 보급되어 있지만 그때는 아니었거든."

지나가던 차량의 블랙박스에 히치하이커를 태우는 모습이 찍혔던 것.

그 히치하이커가 사라지자 방송에서는 실종 당시의 모습을 방송했는데, 지나가던 사람이 그 모습을 기억하고 있었던 것이다.

"그래서 그 사람은 그 히치하이커가 찍혀 있는 영상을 경찰에 제출한 거지."

그렇게 추적이 시작되었고 그 히치하이커를 데리고 간 차량을 조사하다 보니까 나온 것이 바로 칼 구스타프의 악마 교단이었다.

"경찰이 습격했을 때 그들은 철저하게 자신을 무장하고 저항했지."

"아, 만구파처럼?"

"그래, 만구파처럼. 그리고 모두 죽었지."

아무리 악마 교단이 잘 무장하고 있다고 해도 스와트 팀을 이길 수는 없다.

당연히 그들은 모두 사망했다.

"나중에 거기서 나온 기록을 조사한 바에 따르면 사망자가 쉰 명쯤 된다고 추측하고 있어."

"추측?"

"그들은 연쇄살인범이 아니야."

연쇄살인범들은 자기들의 기념품을 모아서 보관한다.

그러나 그들은 연쇄살인범이 아니라 종교적 제물을 바치는 목적으로 움직였다.

즉, 개개인이 기념품을 모으거나 사망자의 물건을 모아 둘 일이 없다.

연쇄살인범에게 그런 물건은 트로피지만 교단에는 쓰레기니까.

"그나마 그들이 모여 있던 곳을 뒤지고 뒤져서 나온 추정치야. 만일 중간에 쓰레기처럼 멀리 버렸거나 소각했다면 당연히 더 이상 안 나오겠지."

"으음……."

"더 큰 문제는 말이야, 이 악마 교단은 자생적 문화라는 거야."

모든 종교는 모든 걸 통괄하는 조직이 있어서 거기에서 퍼져 나간다.

천주교는 교황이라는 존재가 있고, 기독교는 기독교 연합

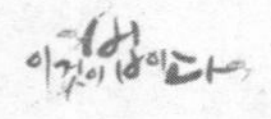

이 있으며, 불교 역시 종단이 존재한다.

"그런데 악마 숭배자들은 그게 아니거든."

각 지역에서 개별적으로 생기며 개별적으로 활동한다.

점조직도 아닌 아예 개별적인 조직인지라, 그중 하나를 추적한다고 해서 다 박멸할 수 있는 게 아니다.

"더군다나 숫자가 적은 만큼 숨는 것도 쉽지."

좀 불안하다 싶을 때 해산하고 세상으로 숨어들면 대부분은 추적하지 못한다.

"이번 사건도 그럴까?"

"아마도 그럴 거야."

노형진은 머리를 긁적거리며 말했다.

"네가 기밀을 유지하라고 한 건 잘한 거야. 드러나는 순간 숨어 버릴 테니까."

물론 그런다고 해서 문제가 쉽게 해결될 건 아니지만 말이다.

"하지만 쉽지는 않을 거야, 진짜로."

얼마 후 과학수사 팀으로부터 연락이 왔다. 그리고 그 결과는 기대와는 달랐다.

"하나도 없다고요? 지문도, 유전자도?"

"철저하게 조사했습니다. 하지만 이놈들이 철저하게 자신을 감췄더군요. 관련 증거가 없습니다."

"으음……."

"현장에서 발견된 피는 희생자의 피와 닭의 피가 섞여 있습니다. 정확하게는 그 아래에 그려진 마법진 비슷한 건 닭의 피고, 사방에 뿌려진 건 희생자의 피입니다."

국과수에서 나온 직원은 오광훈에게 기록을 넘겨주며 말했다.

"현장에서 발견된 유류품을 분석해 봤지만 특별한 건 없었습니다."

오광훈은 머리를 긁적거렸다.

뭐라도 나올 줄 알았지, 이렇게 아예 아무것도 없을 줄은 몰랐기 때문이다.

"검찰 쪽에서는 뭐가 나왔나요?"

국과수 직원은 혹시나 하고 물었다.

"아니요. 아무것도요."

이미 그 산장은 버려진 지 오래였다.

주인은 사망한 지 벌써 10년이 지났고 상속자도 없었다.

그 이후에 경매로 나오기는 했지만 누구도 사려고 하지 않았다.

그럴 수밖에 없는 게, 별장이 아닌 산장이다.

사람이 싫어서 산속 깊은 곳에 만들어 둔 곳이라 접근하는 것도 쉽지 않았다.

애초에 조난객이 발견했을 만큼 외진 곳에 있는 것도 이유가 되었고 말이다.

“기록을 보니 그 사망자도 사망 이후에 2년쯤 지나서 발견된 겁니다.”

그마저도 채권 압류를 위해 갔던 직원들에게 발견된 거다.

“그런 위치에, 사람이 죽었다고 하는데 누가 사겠습니까?”

“다른 물품 같은 것에 대한 정보는요?”

“전혀요.”

사방에 넘치는 게 닭이다.

물건 역시 거기에 있던 물건들을 대부분 그대로 썼다.

“바뀐 건 그 악마 그림 정도인데. 그건 이미 아시지 않습니까?”

특별한 것도 없는 프린터로 인쇄해서 붙여 둔 악마 그림들이기 때문에 추적 자체가 불가능하다는 게 국과수의 공식적인 결론이었다.

“다른 곳에서도 사망 사건이 있을 거라는 게 전문가들의 소견입니다만.”

발견했을 당시에 세 사람은 이미 죽은 지 오래된 상태였다.

“정리하지 않고 갔다는 건 다시 오지 않는다는 건데.”

노형진이 말해 준 주요 정보인, 장소를 옮겨 가면서 인신공양을 한다는 점에도 맞아떨어진다.

“그런데 기밀 상태로 수사해서 잡을 수 있을까요?”

"모르겠습니다. 워낙 이상한 사건이니까."

오광훈은 모든 게 부정확하다는 걸 인정할 수밖에 없었다.

⚖

"깔끔해. 기억도 없어."

이제는 정리가 된 내부. 그 안에서 노형진은 몸을 일으켰다.

검찰이 제대로 수사하지 못하고 있다는 사실에 어떤 도움이라도 줄 수 있지 않을까 하고 사건이 벌어진 집으로 왔다.

하지만 그 안에 남아 있는 기억은 없다.

"오광훈 말로는 어떤 증거도 없다고 했으니. 가면 같은 걸 썼나 보군."

실제로 악마교의 교단에서 가면뿐만 아니라 후드 같은 것도 뒤집어쓰고 제물을 바치는 건 흔한 일이다.

일단 악마를 추앙한다는 점에서 개개인의 신분에 대한 부담감이 있는 데다가 혹시나 누군가 잡히면 줄줄이 잡혀 들어갈 가능성이 높기 때문이다.

실제로 칼 구스타프 사건 당시에도 그들은 검은색의 커다란 가면으로 얼굴을 가리고 있었다.

어떻게 타이밍이 맞아서 제물을 바치는 순간 습격해서 소탕했지, 만일 그러지 못했다면 추적은 꿈도 꾸지 못했을 것이다.

"결국 마땅한 방법이 없나? 아니, 하나 있기는 한데."

노형진은 그 하나밖에 남지 않은 방법이 마음에 들지 않았다. 하지만 방법은 사실상 그것뿐이었다.

"후우."

노형진은 전화기를 들어서 오광훈에게 전화했다.

"광훈아, 너 나랑 미국 한번 같이 가자."

–미국? 미국은 왜?

"결국 전문가를 불러야 할 거 아냐? 나는 전문가가 아니야. 그냥 사건에 대해 조금 알고 있는 변호사일 뿐이지."

–전문가? 이런 사건에도 전문가가 있어?

"있지. 반갑지는 않겠지만 말이지."

악마교

노형진과 오광훈은 미국으로 향했다.

검찰에서도 사건의 중함을 느껴서 그런지 바로 출장을 승인했다.

“기다렸습니다.”

노형진과 오광훈이 나가자 다가오는 사람들.

그들은 누가 봐도 건장한 체격을 가지고 있었고, 그들의 왼쪽 가슴에는 살짝 뭔가가 드러나 있었다.

“무장 경호원? 왜 이래, 겁나게?”

“위험한 곳으로 가야 하니까.”

“위험한 곳이라니?”

“전문가를 만나러 왔다고 했잖아.”

"그게 누군데? 무슨 마피아 같은 거야?"

"비슷한 거지."

씁쓸하게 웃는 노형진.

그는 미리 준비된 방탄 차량으로 올라탔다.

"이야기는 되어 있나요?"

"이미 그쪽과 이야기가 되어 있습니다. 하지만 정보를 준다는 확답은 해 주지 않았습니다."

"그러겠지요."

상대방이 이쪽에 우호적인 감정을 가지고 있을 리가 없으니까.

"누군데 그래?"

"악마 숭배자."

"뭐?"

오광훈은 눈을 크게 떴다.

그건 진짜 예상하지 못한 말이었다.

"살아 있는 악마 숭배자들이 있어? 그때 다 죽었다고 하지 않았어?"

"칼 구스타프 사건 관련자는 다 죽었지. 하지만 내가 말했잖아, 악마 숭배자들은 그들만 있는 게 아니라고."

"하지만 그들이 모습을 드러내지는 않는다고 했잖아?"

"대외적으로 활동하는 사람들도 있어. 물론 그들은 제대로 종교의 형태를 갖추고 있지."

악마교라고 불리는 자들.

그들은 기본적으로 악마를 숭배한다.

하지만 그들이 다른 악마 숭배자들과 다른 것은, 공식적으로 종교로서 활동하고 그 안에서만 움직이기 때문이다.

"그들이 제물을 바치기는 하지만 인간은 바치지 않지."

닭이나 염소같이 짐승을 바치는 것으로 대신하는데, 그건 종교적인 방식이기 때문에 미개하다고 욕할 수는 있을지언정 그걸로 그들을 불법화시킬 수는 없다.

"그쪽이랑 이야기해 볼 거야."

"하지만 악마 숭배자들은 보통 개별적으로 활동한다면서? 뜬금없이 한국의 악마 숭배자들에 대해 물어본들 그들이 알까?"

"그건 모르겠지. 하지만 이 사진은 알걸."

노형진은 제법 커다란 사진을 꺼내 들며 말했다.

"결국 아예 근본이 없는 건 아니니까."

"흠."

악마 숭배자들의 교회는 기본적으로 사람들이 없는 곳에 있다.

사실상 집단 거주지라고 볼 수 있다.

그럴 수밖에 없는 게, 악마 숭배자들을 좋아하는 사람이 있을 리가 없으니까.

당연히 악마 숭배자들은 자기들끼리 집단으로 거주하면서 악마를 숭배하고 있다.

게다가 제물을 바치는 제의의 특성상 도심에서 활동하는 건 불가능하다.

'겁나 살벌하네.'

그리고 그들의 특성상 외부인들에게 극도로 경계심을 가질 수밖에 없다.

'여차하면 위험해질 수도 있고.'

더군다나 악마를 숭배한다는 게 제정신으로 할 일은 아닌 만큼 그들에게 살해당할 가능성도 있기에 노형진은 무장한 경호 세력을 데리고 올 수밖에 없었다.

"거창하게 찾아와서 도와 달라고 하다니 웃기군요."

온몸에 악마 문신을 한 여자는 노형진이 건넨 사진을 툭 쳐서 돌려주며 말했다.

"여기는 위험한 곳이니까요."

"우리가 막 사람을 죽이고 그러지는 않는다니까요."

"공식적으로는 그렇지요."

노형진의 말에 씩 웃는 여자.

"아주 대놓고 말하시는군요."

"입발림을 한다고 우호적인 관계가 될 건 아니지 않습니까?"

"그건 그렇지요."

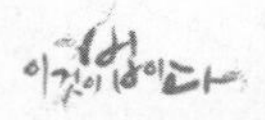

악마에게 있어서 인간은 먹잇감이나 마찬가지다.

그런 악마를 숭배하는 인간들이 다른 인간에게 우호적일 수가 없다.

"거절하지요."

아니나 다를까, 도움을 주기를 거절하는 여자.

"한 가지는 확실하게 알겠네요."

"뭐죠?"

"이 마법진에 대해 아시는군요."

노형진이 가지고 온 사진.

그건 바로 한국에서 살인을 한 놈들이 그린 마법진이었다.

"그리고 자생적으로 생긴 게 아니라는 것도."

"오호, 재미있는 소리를 하시네."

"재미있는 소리가 아닙니다. 당신이 이 마법진을 안다는 건 결국 대충 그린 게 아니라는 거죠."

보통 악마 하면 생각하는 건 육망성이라고 하는 마법진이다.

그러나 그건 일반적인 이미지이다.

그들이 추구하는 마법진은 대충 바닥에 육망성을 그린다고 완성되는 게 아니다.

"더군다나 이 마법진은 라틴어로 되어 있단 말이죠. 한국에서 자생적으로 생긴 거라면 한국어로 썼겠지요."

하지만 라틴어는 과거에 사용되던 언어이며, 이런 마법적 종교에서 많이 사용되던 언어이기도 하다.

"결과적으로 답은 나오지요. 당신은 아는데 알려 줄 생각은 없다."

"동지를 팔아먹을 수는 없지요."

'이게 문제인데.'

노형진은 정보를 얻기 위해 왔지만 사실 이 문제에 대해서는 고민이 많았다.

기본적으로 악마 숭배자들은 그 수가 적다.

더군다나 다른 인간들에게 적대적이다.

그들이 인간을 위해 동료를 팔 가능성은 높지 않다.

"돈으로는 안 되겠지요?"

"우리한테 인간의 돈은 그다지 가치가 없는데요."

세상이 멸망하고 인간은 악마의 노예가 된다고 생각하는 놈들에게 돈은 의미가 없다.

"하아."

노형진은 긴 한숨을 내쉬었다.

"그러면 원하는 게 있습니까? 가능하면 그걸 들어드리도록 하지요."

"인간에게 원하는 건 없습니다."

절대로 도와줄 생각이 없어 보이는 그녀를 보면서 노형진은 한숨을 푹푹 쉬었다.

이런 상태라면 분명 끝도 없기 때문이다.

'하지만 이런 걸 도와줄 만한 사람이 없는데.'

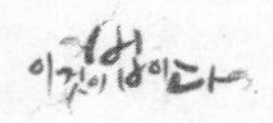

악마교에 대해서는 연구하고 싶어도 못 한다.

극단적으로 폐쇄적인 그들의 특징도 있지만, 연구한다고 해도 그다지 도움이 되는 게 없으니까.

물론 과거의 마법진이나 마법에 관련된 연구자들이 없는 것은 아니지만 그건 문화적인 부분에 국한된다.

'일단 종교의 특성상 계속 변화한단 말이지.'

즉, 저들이 지금 쓰는 마법진과 그들이 알고 있는 마법진은 상당히 다른 형태일 가능성이 높다.

"우리의 신을 위해 영혼을 바친다면 생각해 보지요."

"그건 사양하지요."

"그렇다면 할 이야기는 없네요."

여자가 단호하게 선을 그었다.

"그래요?"

피식 웃는 노형진.

이후 그는 미소를 지으며 말했다.

"그런데 말입니다, 당신들은 인간이면서 악마를 숭배하지 않습니까? 그런데 정작 악마는 본 적이 없나 보네요."

노형진이 그들이 도와주지 않을 걸 알면서도 그냥 왔을까? 그럴 리가 없다.

"그럼 당신들이 말하는 신이라는 존재는 본 적이 있나요? 그런 면에서 피차 마찬가지 아닌가요?"

여자의 말에 노형진은 피식하고 웃었다.

"물론 그렇지요. 하지만 정작 당신들이 잘못 알고 있는 겁니다."

"잘못?"

"인간의 세계에 악마는 있습니다. 사실 인간이 악마인 경우도 있지요."

"말장난하지 마시죠. 인간의 세계에 악마가 모습을 감추고 있고 그게 당신이라는 헛소리를 하려고 하는 거라면 말이지요."

"설마요. 저는 100% 인간입니다. 하지만 한 가지는 확실하지요. 악마처럼 행동할 수는 있습니다."

"무슨 말도 안 되는 소리죠?"

"이런 거죠."

노형진은 가방에서 뭔가를 꺼내서 내밀었다.

그러자 그걸 보고는 얼굴이 굳어지는 여자.

"매매계약서입니다. 제가 여기에 도장을 찍는 순간 당신들이 살고 있는 농장은 제 겁니다."

"이걸 어떻게?"

"악마는 없지요. 하지만 누구나 악마가 될 수는 있습니다. 당신들을 쫓아내는 게 어렵다고 생각하십니까?"

인간의 돈이 필요 없다고 하는 자들이다.

그런 자들이 충분한 돈으로 농장을 사서 집단으로 살고 있을 리가 없다.

당연히 농장을 빌려서 생활하는 거다.

"그리고 이 농장은 말이 농장이지 사실상 버려진 곳이지요."

아주 오래전에는 농장이었던 곳일지도 모른다.

가령 미국의 남북전쟁 시대쯤 말이다.

'하지만 지금은 아니지.'

말뿐인 농장으로, 제대로 된 작물이 자라지 않는다.

시대가 바뀌고 주변이 사막화되면서 더 이상 이곳에서 농사를 지을 수 없게 되자 죄다 떠난 것이다.

"그러니 당신들이 들어올 수 있었겠지요. 그런데 만일 제가 여기를 사면 어떻게 될까요?"

싱글거리면서 웃는 노형진.

"아마도 당신들을 쫓아내겠지요. 당신들과 친하게 지내고 싶지는 않으니까."

그런데 그들은 이미 악마 숭배자라는 게 소문이 난 상황이다. 그런 상황에서 과연 그들을 받아 주려고 하는 곳이 있을까?

물론 주변에 찾아본다면 싼, 버려진 농장이 있을지도 모른다.

"그런데 제가 그것도 산다면? 하다못해 그쪽을 제가 먼저 빌려서 당신들이 들어가지 못하게 한다면? 당신들은 과연 어디로 갈까요?"

도시는 불가능하다.

악마 숭배자들을 고용하고 싶은 사람은 없을 테니까.

지금도 이 농장에서 자급자족을 하면서 살아가고 있는데

말이다.

“당신의 조직이 도와주지 않는다면 내가 기꺼이 당신들을 위해 악마가 되어 드릴 수 있습니다.”

“어이가 없군요. 우리가 그런 협박에 굴할 거라 생각해요?”

“안 해도 상관없습니다. 여기는 인간 세상입니다. 악마의 규칙은 안 통합니다. 인간의 규칙이 통하지.”

“저주가 무섭지 않은가 보군요.”

“저주요? 제가 악마의 저주를 받을 거라고 생각하시나요? 말이 안 되지 않습니까? 저는 악마의 논리에 따라 제 이익을 위해 최선을 다하는 겁니다. 당신들의 미래는 내 알 바 아니지요. 당신들이 망하든 말든, 길거리에서 죽든 말든 말입니다.”

노형진의 말에 여자는 묘한 표정이 되었다.

그의 말이 맞으니까.

“동지라서 고발을 안 해요? 그런 게 무슨 의미가 있지요? 언제부터 악마 숭배자들이 동지 챙겨 가면서 서로를 지키려고 했지요? 악마의 기본 교리는 탐욕 아닙니까? 그런데 남을 위해 이타적 행동을 한다는 게 말이나 된다고 생각하세요? 물론 저는 그런 악마를 대신해서 당신을 벌할 충분한 마음이 있습니다.”

노형진의 말에 여자는 말을 하지 못했다.

논리적으로 반박하는 게 중요한 게 아니었으니까.

노형진의 말대로 악마 숭배자가 만일 남을 위해 죽는다면 그건 얼마나 웃긴 일이란 말인가?

"좋아요. 한번 봐 드리지요. 하지만 조건을 달아야겠습니다. 이곳의 구입, 포기하세요."

"기꺼이 그러지요."

어차피 사 봐야 그다지 도움이 되는 땅도 아니다.

그 때문에 노형진은 바로 포기하겠다고 선을 그었다.

"다시 줘 봐요."

여자는 어쩔 수 없다는 듯 사진을 넘겨받아서 살피기 시작했다.

그리고 곧 말했다.

"이건 바알의 문장이에요."

"바알? 디아블로는 아니고?"

옆에서 쓸데없는 말을 하는 오광훈.

그러자 노형진이 그런 그를 툭 쳤다.

"그건 게임 이야기고요. 바알은 솔로몬의 72악마 중 첫 번째입니다."

"악마면 보통 사탄 같은 거 이야기하는 거 아냐?"

"맞아요. 하지만 모든 악마가 다 그런 것은 아니죠."

엄밀하게 말하면 사탄은 신의 대적자라고 할 수 있다.

하지만 모든 악마들이 다 그렇게 어마어마한 능력을 가지고 있는 것은 아니다.

약한 악마들은 누군가에게 강제로 사역당하기도 하는데,

그중 가장 유명한 것이 바로 솔로몬의 72악마다.

물론 그 악마들도 솔로몬에게 제압당해서 강제로 사역당한 거지, 함께 힘을 합쳐서 으쌰 으쌰 하자는 생각으로 사역된 건 아니었기에 악마로서의 본질이 사라진 것은 아니다.

"바알은 그중 첫 번째입니다."

바알은 자신과 계약한 인간에게 이 세상의 모든 지식과 지혜를 알려 준다고 되어 있다.

"그리고 흔하지 않은 인신 공양을 받는 악마이기도 하지요."

"다 그런 거 아니고요?"

"다 그런 악마는 아닙니다. 그런 건 외부의 이미지가 만든 거지. 우리가 모시는 부알은 그런 건 원하지 않으세요."

"부알은 그럼 뭘 주는데요?"

"그분은 모든 과거와 미래를 보십니다."

"그런데 왜 이렇고 살아요? 로또라도 알려 달라고 하지."

"보시는 것과 말씀해 주시는 건 전혀 다른 문제니까요."

오광훈의 헛소리가 길어질수록 여자는 슬슬 혈압이 오르는 것 같았다.

노형진은 그런 오광훈의 입을 막으면서 여자에게 물었다.

"그러면 바알의 교단은 많은가요?"

"모르죠. 우리는 그들과 소통하지는 않으니까. 하지만 많지는 않을 거라 생각해요."

바알은 인신 공양을 받는 신이다.

아예 대놓고 성경에 그러한 묘사가 있다.

"그 말은, 그를 모시기 위해서는 인신 공양을 해야 한다는 거겠군요."

"당신 말마따나 여기는 인간의 세상이니까요."

인신 공양을 한다면 국가에서 가만둘 리가 없다.

'그러고 보니 구스타프 그놈은 뭐였는지 모르겠네.'

한 가지 확실한 것은, 만일 이놈들이 바알을 믿는 게 사실이고 그래서 인신 공양을 한다면 쉽게 멈추지는 않을 거라는 거다.

실제로 인신 공양까지 하는 놈들이라면 진짜 미친놈들일 테니까.

"그러면 이들을 추적할 방법이 없는 겁니까?"

오광훈이 여자에게 물었다.

그런데 대답은 노형진에게서 나왔다.

"아마도 바알을 믿는 자는 고학력자일 가능성이 높아. 그렇지요?"

"그걸 어떻게?"

여자는 그런 노형진을 신기하다는 듯 바라보았다.

"방금 그러지 않았습니까, 세상의 지혜를 관장한다고?"

악마들은 각자의 특기가 있다.

누군가는 미래를 보고, 누군가는 사랑을 주고, 누군가는 돈을 벌어 주고, 누군가는 잃어버린 것을 찾게 해 준다.

"기본적으로 악마를 숭배한다는 것은 현세 성향이라는 거지."

내세, 즉 사후를 준비하는 사람이라면 절대로 악마를 믿지 않는다.

악마를 믿으면 사후에 지옥에 가게 될 테니까.

그런데 악마를 믿는다는 건 현재를 더 중요하게 생각한다는 것.

"그렇다면 자신에게 이득을 주는 존재를 따르겠지. 간단히 생각해 봐. 한국에도 무당이 있잖아. 그런 무당 문화의 기본은 기복 신앙이라고."

"기복 신앙이 뭔데?"

"끄응. 자신에게 복, 그러니까 좋은 뭔가가 생기기를 바라는 거야."

그리고 악마를 믿는다는 것은 그런 마음을 품고 있다는 뜻이다.

그렇다면 당연히 자신이 원하는 쪽의 악마를 믿게 될 것이다.

"가령 로또 번호를 원한다면 부알을 믿는 선택을 하겠지. 미래를 볼 줄 아는 악마니까."

하지만 그들은 바알을 선택했다.

바알이 관장하는 것은 지혜.

"지혜를 갈구하는 사람이라면 보통 고학력자가 많겠지."

"교수나 박사 같은 자들이라는 거야?"

"지식이 아니라 지혜라고."

지식이라면 그런 사람들이겠지만 지혜에는 삶을 살아가는 방식도 포함되어 있다.

즉, 돈을 잘 벌 수 있는 방법 같은 것 역시 포함되어 있다는 소리다.

"생각보다 잘 아시네."

"대충 추측한 겁니다. 인간들이 원하는 건 비슷하니까."

결과적으로 바알을 믿는 놈들은 그런 쪽으로 원하는 게 있다는 거다.

그것도 사람을 제물로 삼아서 바칠 정도로 아주 간절하게 원한다는 거다.

"하지만 그건 너무 광범위하지 않아?"

인간의 욕심은 끝이 없다.

더군다나 지식도 아닌 지혜라면 진짜 답이 없게 넓어진다.

욕심을 가진 사람 중에 지혜를 원하지 않는 사람이 있을까?

"일단 바알이라는 점에서 확실히 방향은 잡았는데."

문제는 그 이후다.

인신 공양을 하는 놈이라면 계속 범죄를 저질렀거나 저지른다는 건데.

"내가 도와줄 수 있는 건 여기까지네요."

여자는 단호하게 선을 그었다.

사실 그녀를 탓할 수도 없었다.

이 현장의 사진으로 얻을 수 있는 건 믿고 있는 악마에 대한 정보뿐이니까.

노형진은 오광훈과 함께 여자의 방에서 나오면서 말했다.

"그러면 다른 기록을 좀 뒤져 봐야겠네."

"다른 기록?"

"그래, 다른 기록. 내가 설마 그림 하나 확인하자고 여기까지 왔겠어?"

노형진은 어깨를 으쓱하며 말했다.

"칼 구스타프 사건을 한번 봐야지."

그가 알고 있는 사건 중 하나이자 악마 숭배자들이 저지른 사건 중 하나다.

"인간을 제물로 바쳤다는 점에서 공통점이 있어. 어쩌면 같은 악마를 모셨을지도 모르지."

그렇다면 뭐든 분석할 게 나올지도 모른다.

"그걸 위해 너를 데리고 온 거고."

일단 공식적으로 한국의 검찰에서 요청한다면 미국의 검찰에서도 관련 기록을 쉽게 내줄 테니까.

"한번 제대로 파 보자고."

⚖

칼 구스타프. 사망 당시 54세로, 구소련에서 미국으로 이민을 온 2세대였다.

물론 이민보다는 탈출이라는 표현이 맞겠지만.

"역시나 바알이었군."

수사 기록에 따르면 칼 구스타프는 바알을 자신의 신으로 믿고 인신 공양을 했다고 한다.

"엄청 잘생겼네. 요즘 같으면 모델이나 연기자 해도 되겠는데?"

기록에 있는 칼 구스타프는 엄청난 미남이었다.

그리고 달변가였다.

"전형적인 교주 스타일이네."

악마는 천사의 얼굴로 다가온다. 법조계에 있는 속담 중 하나다.

못생기거나 위험하게 생긴 사람은 애초에 범죄의 기회 자체가 적어질 수밖에 없다.

그 때문에 아이러니하게도 사람들이 범죄형이라고 부르는 사람들은 대부분 범죄를 못 저지른다.

반대로 미남형이라고 부르는 사람들이 훨씬 더 많은 범죄를 저지른다.

"칼 구스타프는 그렇게 신도들을 모아서 인신 공양을 하다가 결국 사살."

그것 말고 딱히 별다른 기록은 없었다.

사실 그게 기록의 다였다.

신도들이 모두 현장에서 사살되었기에 추가적인 조사 기

록도 없었고 말이다.

"흠……."

노형진은 그 당시 현장의 사건 기록을 보다가 한 그림에 눈이 멈췄다.

"어떻게 생각해?"

"뭘?"

"이 사진과 이 사진, 똑같지 않아?"

바알의 문양이야 악마 숭배자들 사이에서 돌아다니니 그렇다고 해도, 다른 문양들도 있었는데 거의 똑같아 보였다.

"우연일까?"

오광훈도 그걸 보면서 아주 비슷하다는 걸 인정할 수밖에 없었다.

"글쎄, 우연? 이런 게? 이렇게 복잡한 문양이 우연히 한국과 미국에서 발견된다고? 더군다나 이쪽은 벌써 수십 년 전 사건이야."

블랙박스가 나온 지 벌써 20년 가까이 되어 간다.

그리고 공식적으로 그 현장에서 모든 악마 숭배자들이 사살되었다.

"설마 살아남은 놈들이 있나?"

"그럴 리가 없지. 아무리 그래도 경찰 특공대가 바보도 아니고."

교전이 끝난 후에 주변을 이 잡듯이 뒤졌다.

설사 살아남은 놈이 있다고 해도 미국의 법을 생각하면 지금까지 살아 있을 가능성은 높지 않다.

사람을 제물로 바쳤는데 어떤 판사가 그를 살려 주겠는가?

"당연히 죽였겠지."

설사 살려 놨다고 해도 무조건 종신형이다.

"그러면 이건 뭘까?"

똑같이 생긴 두 개의 사진.

한쪽은 오래된 사진이지만 다른 한쪽은 새로 찍은 사진이다.

한쪽은 미국에서, 다른 한쪽은 한국에서 찍힌 사진이다.

"자생적으로 숭배한다지만 그래도 어느 정도 뭐 공유하는 그런 게 있을 수도 있잖아."

"그건 그렇지. 그런데 너 같으면 악마를 숭배하는 법, 악마에게 인간을 재물로 바치는 법 같은 걸 책으로 공유하겠냐?"

"당연히 아니지! 어, 그러고 보니 그러네."

바알의 문장 같은 경우는 사료이기 때문에 인터넷을 뒤져 보면 쉽게 찾을 수 있다.

하지만 제물을 바칠 때 쓴 문장은 절대 쉬운 것도 아니며 또 그걸 알려 주려고 하는 자들은 없을 것이다.

"그러면 뭐야? 그런 책이 있다는 건가?"

"왜 멍청한 소리를 해?"

노형진은 한숨을 쉬면서 증거를 넘겼다.

아무리 찾아봐도 칼 구스타프에 대한 정보는 부족했다.

그의 인생에 대해 조사하기는 했지만 사건 이전의 자료는 형식적이었다.

사실 당연한 일이다.

어차피 죽었고, 더 조사한다고 해도 아무것도 나오지 않을 테니까.

"하지만 그게 실수였던 것 같네."

"뭐가?"

"칼 구스타프는 인간을 제물로 삼아서 악마 숭배를 했지. 그렇다면 그걸 어디서 배웠을까?"

"배워?"

"내가 자생적으로 발생한다고 했지 아예 완전히 새로 쑥쑥 태어난다고는 안 했다."

기본적으로 악마는 악하고 나쁜 존재라고 교육받는다.

문화적인 관점에서 악마에 대해 연구하는 사람이 없는 것은 아니지만 그래도 기본적으로 사람이라면 그러한 교육의 영향으로 악마에 대해 접근하는 것을 꺼린다.

그런데 그걸 체계적으로 전승한다?

"너 설마 다른 조직이 있다고 생각하는 거야?"

"그래. 그것도 칼 구스타프에게 이 모든 걸 가르쳐 준 조직이 있을 거야."

그렇지 않다면 이 모든 게 설명이 되지 않는다.

그런데 만일 그 조직이 아직 존재한다면?

"내가 알기로는 그런 사건은 없었어."

정확하게는 악마 숭배자에 의한 살인 사건은 칼 구스타프 사건이 마지막이었다.

물론 역사가 바뀌었기 때문에 드러나서 해결되었다고 생각할 수도 있지만, 회귀 전에는 그런 정보가 없었다.

'그랬다면 내가 모를 리가 없지.'

칼 구스타프 이전부터 이어져 온 조직이라면 당연히 피해자 숫자가 어마어마할 테니까.

"설마?"

"아마도 미국에서 누군가 한국으로 건너갔을 가능성이 높아. 그리고 그걸 추적하기 위해선, 답은 하나뿐이지."

바로 미국의 조직을 먼저 소탕하는 것.

"이 사건의 담당 요원을 만나 봐야겠어."

⚖

제임스 버킨은 그 당시 사건을 해결한 담당 요원이었고, 이제는 상당한 직위를 가진 FBI의 중책 중 한 명이었다.

그런 그를 만나는 건 생각보다 쉬웠다.

노형진이 오광훈을 데리고 온 건 단순히 공식적인 도움만을 원했기 때문이 아니다.

오광훈은 미국에서 훈장을 받은 영웅이고, 미국 내에서는 훈장을 받은 사람에게 여러 가지 편의를 제공하며 최우선 존경의 대상이 되기 때문이다.

"미스터 오, 만나게 되어 반갑습니다."

아니나 다를까, 제임스 버킨은 오광훈을 보자 반갑게 악수를 청했다.

"미스터 오가 해결한 사건에 대해서는 여러 번 들었습니다. 미스터 오야말로 우리 미국의 영웅입니다."

"아닙니다, 하하하하."

어설프게 영어로 대답하는 오광훈.

그래도 몇 년간 죽어라 영어를 판 노력이 결실을 보여 줬다.

"그런데 미스터 오, 저한테 긴히 하실 말이 있다고요?"

"사실은 제가 한국에서 수사 중인 특정 사건과 겹치는 게 있어서요."

"특정 사건?"

"그렇습니다. 알아보니 미스터 버킨이 해결했더군요."

"그런 사건이 한두 개가 아니라서요."

일단 중역 중 한자리를 차지할 정도면 능력 있는 사람이라는 소리다.

당연히 그런 사람이 해결한 사건이 한두 개가 아닐 것이다.

더군다나 시간도 상당히 지났으니까.

"칼 구스타프 사건 기억하십니까?"

"칼 구스타프 사건? 기억하지요. 기억을 못 할 수가 없어요."

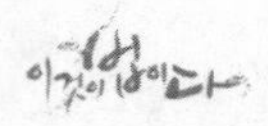

수십 명의 사람들을 산 제물로 바쳤던 미친놈들.

그러다가 발각되자 최후까지 저항했던 놈들.

"그놈들 때문에 경찰에서만 사망자가 세 명이나 나왔습니다."

사건이 끝나고 나서 미국이 발칵 뒤집어졌다.

물론 악마 숭배자들에게 납치되어 악마에게 바쳐지는 인간 제물에 대한 소문은 도시 전설로 존재하고 있었지만, 실제로 일부 존재하는 악마 숭배 집단의 경우는 철저하게 감시받아서 그런 일이 없다는 걸 알고 있었다.

"하지만 그놈들은 아니었습니다. 아예 우리 시야에서 벗어나 있었지요."

공식적으로 그곳에서 사망한 사람들의 숫자는 무려 마흔두 명.

그중에서 무려 스물두 명이 멀쩡하게 교회를 다니던 일반인이었다.

즉, 교회에 나가서 '아멘'을 외치면서 다른 한쪽에서는 인간을 제물로 바쳤던 것이다.

"그 당시에 그들이 숭배하던 대상은 바알이지요."

"그건 알고 있습니다만. 그런데 왜 그 사건 이야기는 꺼내시는 건지?"

오광훈은 고개를 끄덕거리고는 옆에 있던 노형진에게서 서류를 받았다.

이 경우는 훈장을 받은 오광훈이 나서야 여러모로 효과가 좋기 때문에 노형진은 일단 뒤로 빠져 있었다.

물론 어떻게 해야 하는지 미리 다 알려 줬으니 별문제는 없었다.

"이걸 봐 주시기 바랍니다."

"이건?"

서류 봉투 안에서 사진을 꺼내서 본 제임스 버킨의 눈은 어느 때보다 커졌다.

사진은 두 장이었다.

하나는 자신이 잊어버릴 수 없는 그 당시 사건이다.

수백 번을 봤고, 그 사건 이후에 관련자들을 추적하기 위해 몇 번이고 꺼내서 확인했던 사진이다.

그리고 다른 하나는 똑같이 생긴 사진이었다.

그런데 화질이 달랐다.

첫 번째 건 자신이 알고 있는 필름 카메라를 이용한 사진인 데 비해 두 번째 것은 누가 봐도 현대의 디지털카메라를 이용한 사진이었기 때문이다.

결정적으로 바닥이 달랐다.

원래 그의 사건에는 나무로 된 바닥에 그려져 있었는데, 새로운 사진은 나무가 아닌 낯선 바닥이 배경이었다.

"이건 뭡니까? 이런 곳이 있었습니까?"

"한국에서 발생한 사건의 사진입니다. 한국에서도 현재 이 사건을 계속 추적 중입니다."

"한국?"
"그렇습니다. 한국에서 최근에 발견된 사건입니다."
"이게…… 어떻게……."
동일한 디자인의, 사진 속의 마법진. 그게 과연 우연일까?
그건 불가능하다.
형태 자체가 무척이나 복잡하기 때문이다.
그리고 마법진이라는 건 일종의 신을 부르는 신성한 규칙 같은 거다.
그래서 아무리 악마 숭배자라고 해도 그걸 철저하게 지킨다.
"이게 한국에서 나왔다고요? 그건 불가능합니다."
"하지만 나왔습니다."
그리고 나머지 사진들을 건네는 오광훈.
그 사진들을 보는 제임스 버킨의 입에서 저절로 신음 소리가 나왔다.
그 사진은 현장의 사진이었다.
그리고 거기서 느껴지는 기시감.
"이건 아무리 봐도 제가 봤던 칼 구스타프 사건의 현장과 너무 흡사하군요."
그 당시의 현장은 제임스 버킨의 머릿속에 확실하게 남아 있었다.
사방에 퍼진 사람의 시신과 장기들 그리고 괴상한 그림들.
"이게 한국에서 있었던 사건이라고요? 그것도 최근에 말입니까?"

"그렇습니다."

"어떻게 이런 일이……."

이해가 가지 않는다는 표정이 되는 제임스 버킨의 얼굴을 보면서 오광훈은 노형진을 살짝 바라보았다.

그러자 노형진은 눈짓으로 어서 말하라는 신호를 보냈다.

"안 그래도 그 당시 사건 기록을 확인했습니다. 칼 구스타프의 과거 기록이 약간 부실하더군요."

"그건 그럴 겁니다. 그 부분은 제가 한 게 아닌 것도 있고, 이미 사망한 이후이기 때문에 사건과 관련해서 그다지 파고들 일이 없었으니까요."

"그래서 말인데, 혹시 칼 구스타프 역시 어디선가 그걸 배운 게 아닐까요?"

"그게 무슨 말씀이시지요?"

"여기 노형진 변호사와 이야기해 봤습니다만, 결국 종교라는 것은 주변으로 퍼질 때 새로운 곳을 개척하게 됩니다. 기독교에서는 개척 교회라고 표현하지요."

모든 일은 새로운 곳에 대한 개척이 필수적이다.

한자리에서 계속할 경우 일단 새로운 곳과 겹치게 되는데 그걸 먼저 자리 잡은 사람이 허락할 리가 없으니까.

"그리고 악마 숭배자들은 기본적으로 자신들을 감추려고 합니다. 한곳에 많은 숫자가 몰려 있으면 아무래도 문제가 될 수밖에 없지요."

발각의 위험성이 더더욱 커지기 때문이다.

실제로 악마교의 경우는 그들이 딱히 범죄를 저지르지 않는다고 해도 미 정부의 주요 감시 대상 중 하나다.

"스승이 있다고 생각하시는 겁니까?"

"그렇습니다. 그렇지 않다면 이 모든 걸 어디서 배웠겠습니까?"

"으음……."

칼 구스타프는 잘생긴 달변가이기는 했다.

하지만 그것과 하나의 교리를 세우는 것은 전혀 다른 문제다.

"칼 구스타프는 누군가에게 배워서 자신만의 세력을 만들었고, 그 세력이 미국의 공권력에 발각되어서 소탕되었다고 저는 생각합니다."

"오, 마이 갓."

제임스 버킨은 자신도 모르게 손을 부들부들 떨었다.

그가 칼 구스타프를 잡은 지 20년이 다 되어 간다.

그런데 정작 칼 구스타프를 가르친 누군가가 여전히 남아 있다니.

그 말은 20년간 그놈들이 인간을 제물로 바치면서 몰래몰래 숨어 다녔다는 소리나 마찬가지다.

그 20년, 그리고 칼 구스타프가 숨어서 뭔가를 배웠던 그 시기를 생각하면 수십 년간 그들은 인간을 제물로 삼아 온 것이다.

"하지만 그게 아니라면 지금의 상황을 설명할 방법이 없습니다. 그날 누군가 살아서 나간 게 아니라면 말입니다."

"그건 절대 불가능합니다."

현장에서 살아 나갈 방법은 없었다.

주변에 집이나 다른 탈출로가 있는 공간도 아니었고 경찰이 완벽하게 그 집을 포위했었다.

그들이 모두 죽고 난 후에 집 안을 말 그대로 이 잡듯이 뒤졌으며, 혹시 모를 지하 통로를 찾기 위해 지질 탐사기까지 동원해서 악착같이 뒤졌다.

그 당시 프로파일러들이 한 명이라도 살아 있으면 나가서 또 다른 인신 공양 조직을 만들 수도 있다고 했기에 빠져나갈 구멍을 확실하게 확인했다.

"유령이 아닌 이상에야 거기서 벗어나는 건 불가능합니다."

"그러면 답은 하나뿐이군요. 칼 구스타프가 이 모든 걸 누군가에게 배워 왔다는 것."

그리고 그 조직이 여전히 살아 있다는 것.

"이번 사건에서는 그 조직이 한국으로 손을 뻗었다고 볼 수 있겠지요."

제임스 버킨은 혼이 반쯤 나갔다.

멍하니 사진들을 보던 그는 자리에서 벌떡 일어났다.

"미스터 오, 이번 사건을 도와주십시오. 이놈들은 그냥 둘 수 없습니다. 얼마나 많은 피해자가 생겼을지도 알 수 없습니다만, 어떻게 해서든 잡아야 합니다."

오광훈은 고개를 끄덕거렸다.

"감사합니다. 지금 바로 수사 팀을 구성하겠습니다."

제임스 버킨은 그 어느 때보다 다급하게 움직이기 시작했다.

⚖

FBI는 발칵 뒤집어졌다.

설마 이런 악마 숭배자들이 더 있을 거라고는 생각하지 못했기 때문이다.

"그 여자도 몰랐을까?"

"누구?"

"그 악마교의 여자 말이야."

다급하게 움직이는 사람들.

긴급회의를 준비하는 사람들 뒤에 서 있던 오광훈은 노형진에게 물었다.

"아마도 몰랐을걸."

"어째서?"

"제임스 버킨도 말했지만 악마교는 기본적으로 언제나 감시 대상이야. 다시 말해서 미친놈이 헛짓거리 하면 어떤 피해가 올지 모른다는 거지."

당장 노형진이 불이익을 준다고 했을 때 그녀는 바로 정보를 넘겼다.

"개별적으로 자생하는 악마교의 특성상 아무래도 서로에 대한 우정 같은 건 없겠지. 악마교에 그런 게 어울리는 것도 아니고."

즉, 이런 사실을 알면서도 모른 척하지는 않을 거라는 소리다.

"그 스승이라는 놈이 누군지는 모르지만 아마도 철저하게 기밀로 움직일 거야."

그렇지 않다면 수십 년 동안 자신들을 감출 방법은 없다.

그러는 사이에 회의 준비가 끝나고 모두가 앞쪽을 바라보았다. 제임스 버킨이 자료 화면이 떠 있는 슬라이드를 등진 채 모두를 살피고 있었다.

악마 사건을 해결하고 나서 거의 20년이 흘렀다. 다시 같은 사건이 드러난 것에 대해 그는 걱정이 많았다.

더군다나 이번에는 그 당시의 경험이 있는 동료들도 없는 상황.

"준비 끝났습니다."

다른 직원이 모든 브리핑 준비가 끝났다고 말해 주자 그는 바라보던 화면에서 시선을 돌려 기다리고 있는 부하들을 보며 입을 열었다.

"다들 칼 구스타프 사건은 알 거라 생각한다. 미리 이야기

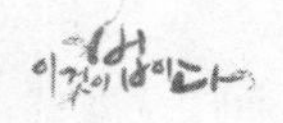

했으니 모두 그 기록을 보고 왔겠지."

그렇게 시작된 회의.

사건에 대한 제임스 버킨의 설명이 이어졌다.

"한국에서 그 당시의 문장이 발견되었다. 기록에서 확인했겠지만 그 당시 칼 구스타프 일당 중에서 살아남은 자는 없다. 그리고 칼 구스타프는 가족도 없었고. 사살당한 신자들의 가족에 대한 조사 결과도 깨끗했지. 그래서 우리는 한 가지 가능성을 감안하고 있다. 칼 구스타프가 누군가에게서 이 모든 것을 배웠다, 반대로 말하면 칼 구스타프를 가르친 악마 놈이 아직 살아 있다는 거다."

이야기가 진행될수록 수사관들은 심각한 표정이 되었다.

악마 숭배자들의 살인이 얼마나 힘든 사건인지 아니까.

"현재 조사한 것에 따르면 그 당시 칼 구스타프가 특별한 행보를 보인 적은 없다."

그나마 다행인 것은 추적할 대상이 아예 없는 한국과 다르게 미국은 칼 구스타프라는 대상이 있었고, 그의 과거를 추적하기는 어렵지 않다는 점이다.

"칼 구스타프는 구소련에서 넘어온 2세대 사람이다. 학교도 미국에서 다녔지."

제임스 버킨의 설명을 들으며 노형진은 그 기록을 살폈다.

구소련에서 미국으로 넘어온 칼 구스타프의 가족들은 잘 사는 건 아니었다.

사실 공산주의 아래서 살던 사람들이 극단적 자본주의에 적응해서 살아가는 것은 그다지 쉬운 일은 아니었을 것이다.

'그리고 그게 칼 구스타프가 분노하게 된 원인인 것 같은데.'

아무리 노력해도 고작해야 입에 풀칠밖에 할 수 없는 비참한 삶.

그런 삶 안에서 칼 구스타프는 내면의 악마를 키웠을 것이다.

"기록에 따르면 고등학교 졸업 후 칼 구스타프는 이런저런 일을 하면서 미국 전역을 떠돌았다. 그 와중에 누군가를 만나서 교리에 대해 교육받았다고 생각한다."

칼 구스타프의 행방이 불확실한 시기는 대략 5년 정도다.

고등학교 졸업 이후에 그는 미국을 떠도는 신세가 되었다.

노가다도 해 보고 일당직 알바도 했다. 건설 현장의 노동자도 했고 말이다.

하지만 대부분 오래 버티지 못하고 그만두고 떠났다.

"흠……."

노형진은 그 부분을 보다가 고개를 갸웃했다.

"우리는 그곳들을 뒤지면서 칼 구스타프의 뒤를 쫓는다. 필시 어마어마한 추적이 될 것이다. 그럼 지금부터 추적 지역을 배정하겠다."

수사관들이 각자 추적 지역을 배당받고 떠난 후 노형진은 고개를 흔들었다.

"이건 아닌 것 같은데."

"뭐? 왜?"

"기간이 너무 짧아."

악마 숭배자들은 동료를 만드는 데 있어 대상을 아주 진지하게 조사하며 어떤 사람인지 오래 감시한다.

그 과정에서 자신들과 맞지 않는다고 생각하면 아예 포섭도 안 할 거고, 포섭하다가 뭔가 이상하다는 생각이 들면 바로 제물로 용도를 바꿀 것이다.

당연한 거다. 자신들을 감춰야 하는 상황이고, 기본적으로 미국은 크리스천 국가니까.

"그런데 고작 몇 달 사이에 접촉해서 설득하고 교육하는 게 가능할까요?"

"으음?"

제임스 버킨은 고개를 끄덕거렸다.

"확실히 그렇지요. 저희도 압니다. 이건 일종의 미끼입니다."

"미끼?"

"그렇습니다. 이들이 지금까지 우리의 눈을 피했다는 건 내부의 적이 있을 가능성을 생각할 수도 있는 문제거든요."

"아아."

무려 수십 년이다. 아무리 조용히 살인한다고 해도 이건 너무 심하다고 생각될 만한 시간이다.

"설사 우리가 아니라고 해도 지역 경찰이 넘어가 있을 가능성이 높지요."

미국은 악마 숭배자들과 오랜 싸움을 해 왔다.

당연히 노형진보다 더 잘 알 수밖에 없다.

"하긴 그렇지요."

FBI가 수사한다지만 그들의 인력이 그렇게 충분하지는 않다.

그래서 그들은 그 지역에 가서 경찰 인력을 지휘하는 형태로 사건을 수사한다.

"만일 그렇다면 그들에게 정보가 새어 나갈 수도 있겠네요."

오광훈도 이해가 간다는 듯 고개를 끄덕거렸다.

"일단 엉뚱한 지역에 가서 조사한다고 하면 저들의 눈을 가릴 수 있으니까요."

일단 엉뚱한 지역이라면 그들에게 정보가 새어 나갈 가능성이 적어진다.

그 지역에 악마 숭배자들이 있을 가능성은 높지 않으니까.

설사 새어 나간다고 해도 그들은 안심하게 될 것이다.

"동시에 그들을 견제할 수 있고요."

"맞습니다. 한국에 있는 놈들도 그들 파벌이라면, 아마도 당분간은 사람을 죽이지 않을 겁니다."

어찌 되었건 자신들의 존재를 인지하고 수사에 들어갔다는 위험성 때문에라도 인간은 당연히 움츠러들 수밖에 없다.

그런 상황이라면 제물로 사람을 바치는 일도 당분간은 멈출 수밖에 없다.

"잘 아시네요."

제임스 버킨은 고개를 끄덕거리며 말했다.

"하지만 그 지역에서 진짜 범인을 잡는 게 쉽지는 않겠지요."

숨어 있을 만한 곳이 워낙 넓은데 거기다 몰래 수사해야 하니 당연히 그 지역에서 경찰을 동원할 수는 없는 노릇이다.

"그래서 말인데, 오광훈 검사가 도와주실 수 있겠습니까?"

"제가요?"

오광훈은 묘한 표정이 되었다.

그러나 제임스 버킨은 진지했다.

"기밀 수사에 일가견이 있다고 들었습니다. 이번 사건은 워낙 중요한 사건이라서 외부의 도움을 받아서라도 해결하고 싶습니다."

미국은 한국보다 외부의 도움을 받는 것에 대해 관대한 편이다.

물론 공식적으로 모든 기록을 남겨야 한다.

그런데 오광훈은 수사와 관련해서 훈장까지 받은 인재다.

노형진은 그런 오광훈의 옆구리를 쿡 찔렀고, 오광훈은 바로 고개를 끄덕거렸다.

"당연히 도와드려야지요. 어디로 갈까요?"

⚖

라이센트빌. 제임스 버킨이 의심하는 장소였다.

라이센트빌은 전형적인 슬럼가였다.

"이런 곳이니 미칠 수밖에 없지."

노형진은 흘러가는 외부의 시선을 보면서 말했다.

"왜?"

"보면 몰라?"

"모르는데?"

"대부분 흑인이잖아. 인종차별은 백인만의 전유물이 아니야."

이곳은 칼 구스타프의 고향이다.

즉, 여기서 그가 자랐고 그의 아버지 역시 여기서 살았다는 소리다.

"그런데 봐 봐, 대부분은 흑인이잖아. 소위 말하는 할렘가의 특징이지."

슬럼가는 할렘가처럼 절대적으로 흑인의 비율이 높다.

그런데 칼 구스타프는 전형적인 백인이다.

"사방이 흑인인데 혼자 백인이라면 무슨 꼴을 당하겠어?"

"아, 그러겠네."

이런 지역에 백인이 혼자 있다면 위험한 게 사실이다.

심지어 그런 경우는 목숨도 내걸어야 한다.

"아마 매일같이 구타당하고 협박당하고 갈취당하겠지."

슬럼가는 범법 지대인 경우가 많은데, 그곳에서 백인은 주요 공격 대상이다.

이 지역을 점령하고 있는 갱단의 경우는 대부분 흑인일 테

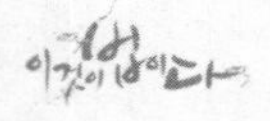

니까.

"그게 무슨 상관이 있어?"

"있지. 그들이 백인을 받아 주겠어?"

당연히 받아 주지 않는다.

그리고 그 말은, 백인은 털어도 보복이 들어올 가능성이 낮다는 의미다.

"아, 무슨 뜻인지 알겠네."

쉽게 말해서 인종차별 역전의 세계라고 할 수 있다.

가난한 데다 피부색 때문에 인종차별을 당하는데 심지어 동네에서 고립되었다.

그런 환경에서 사람이 멀쩡하게 자라는 게 얼마나 어려운 일이겠는가?

"확실히 그렇지요. 이런 지역에서 자라는 백인들은 주요 린치 대상 중 한 명입니다."

동행하는 FBI의 수사관인 플린 요원도 안다는 듯 말을 꺼냈다.

"전형적인 외로운 늑대가 되기 딱 좋은 형태죠."

외로운 늑대란 자생적 테러리스트를 뜻하는 은어다.

유럽 등지에서 고립된 이슬람 신자들이 그런 외로운 늑대가 되는 성향이 강하다.

"하지만 백인이라고 외로운 늑대가 되지 말라는 법은 없지요."

실제로 외로운 늑대 중에는 백인도 존재한다.

외로운 늑대들은 고립과 분노의 문제이지 그들의 인종의 문제는 아니다.

"다만 이번에는 이슬람이 아니라 악마 쪽이고."

노형진은 바깥을 보며 말했다.

문제는 이슬람과 다르게 악마 숭배자라는 존재 자체가 완벽하게 음지에 숨어 있기 때문에 특정해서 추적할 수는 없다는 거다.

"그나저나 어디서부터 시작해야 할까요?"

"일단은 학교겠지요."

어찌 되었건 가장 가능성이 높은 곳은 학교다.

현실적으로 칼 구스타프가 가장 오래 있었던 곳일 테니까.

"아마 많이 놀라실 겁니다."

"저는 별로 안 놀랄 것 같은데."

오광훈의 말에 노형진이 피식 웃었다.

"오광훈 검사는 많이 놀랄 것 같네요."

"이게 학교라고? 무슨 조폭들 본거지나 폐교가 아니고?"

학교에 들어가자 보이는 것은 사방에 그려진 낙서였다.

길거리 예술이라 불리는 그라피티가 아니다.

진짜 낙서다.

가장 먼저 그들을 맞이해 준 것은 학교 담벼락에 커다랗게 써진 'SEX'라는 단어였다.

"슬럼가 학교들은 보통 이렇습니다."

그렇게 말하며 플린은 어깨를 으쓱했다.

"미국 사람들, 생각보다 무식해."

노형진의 말에 오광훈은 슬쩍 플린의 눈치를 보았다.

한국어도 아닌 영어로 말했으니까.

그런데 의외로 플린은 담담하게 수긍했다.

"그놈의 예산 타령하면서 최소한의 지원도 안 되는 경우가 많거든요."

"아무리 그래도 이 정도는 너무 심한데?"

안으로 들어가면서 오광훈은 혀를 끌끌 찼다.

낙서는 바깥뿐만 아니라 안에까지 되어 있었고, 심지어 학생들이 쓰는 걸로 보이는 캐비닛도 다 그런 상황이었으며 그마저도 찌그러지고 우그러든 게 다수였다.

"캐비닛도 안 쓰네?"

"부수고 다 훔쳐 가니까요. 자물쇠를 달아 봐야 절단기를 가져다가 끄내면 그만이니까."

"그러면 CCTV라도 달든가."

"그건 심각한 인권침해라고 생각하거든. 미국인들에게 있어서 감시는 정부가 저지를 수 있는 최악의 범죄 중 하나야."

"원, 별 미친."

고개를 절레절레 흔드는 오광훈.

"도색이라도 해 주든가. 이게 뭐야?"

"해 줘도 의미가 없습니다. 안 해 봤겠습니까?"

도색해도 채 두 달이 되기 전에 다시 이 꼴이 된다.

그렇다 보니 결국 포기한 거다.

"이게 자본주주의 극단적 상황이지, 계층 간의 사다리가 박살 났을 때 벌어지는."

여기서 공부해서 계층 간의 사다리를 올라가서 성공한다는 건 거의 불가능에 가까운 현실.

"그리고 이런 공교육은 수준이 낮아."

"그래도 최소한의 커리큘럼은 있을 거 아니야?"

"있지. 하지만 그걸 지킬 뿐이야."

"이해가 안 가는데?"

"그 커리큘럼에 따라 수업해. 그런데 그 수업을 듣지 않는다고 해서 뭐라고 하지도 않아. 심지어 수업 중에 자는 건 기본이고 떠들고 싸워도 신경도 안 쓰지."

그렇다고 해서 그 이후에 그걸 커버하기 위한 뭔가를 하는 것도 아니다.

한국이라면 그런 경우는 부모가 개인 교습을 하든가 아니면 학원을 보내든가 하면서 최소한의 수준을 따라갈 수 있게 해 준다.

"하지만 여기는 그런 게 없지."

포기하면 그걸로 끝.

딱 한 달만 인생을 포기하면 커리큘럼에서 나가떨어지는데, 그 이후에 커리큘럼을 따라가기 위한 다른 시스템이 전혀 없다.

"그러니 인생을 막사는 비율이 높아질 수밖에."

그러는 사이에 울리는 벨 소리.

동시에 학생들이 우르르 쏟아져 나왔다. 그리고 어디론가 향하기 시작했다.

시간을 봐서는 점심시간이었다.

"아무래도 식당 쪽으로 가 봐야 할 것 같네요."

플린 요원은 두 사람을 데리고 식당 쪽으로 향했다.

밥을 먹기 위해 길게 줄이 서 있는 것이 보였다.

"네가 말한 게 뭔지 알 것 같네."

그리고 오광훈은 오는 길에 했던 노형진의 말을 이해할 것 같다는 듯 말했다.

대부분이 흑인인 슬럼가. 그런데 그 안에 있는 극소수의 백인 학생들.

그들은 잔뜩 주눅이 들어 있었다.

심지어 여학생 한 명은 뒤에 있는 다른 학생이 슬슬 엉덩이를 만지면서 웃어 대는데도 저항도 못 하고 있었다.

그런데 급식 관리를 하기 위해 있는 일부 성인들도 그걸 보면서도 신경도 쓰지 않았다.

"도대체 왜 이래?"

"갱단의 표적이 될 수도 있거든."

저들을 신고하거나 하면 저들이 나중에 갱단이 되어서 보복할 수도 있고, 당장 가족 중에 갱단이 있을 가능성도 있다.

오밤중에 뒤통수로 총알이 날아올 가능성이 있기에 다들 모르는 척하는 것이다.

"흠."

노형진은 그걸 보고 갑자기 머릿속에 좋은 생각이 생겼다.

'그러고 보니 여기 노다지 아니야?'

이런 슬럼가에 사는 사람들이 모두 다 인생 패배자일까?

그건 아니다.

일부는 여기를 떠나고 싶어 한다.

하지만 미국은 극단적 자본주의 세계다.

돈이 없으면 아무것도 못한다.

그들이 멍청해서가 아니라, 떠날 돈이 없는 것이다.

'여기서 뭘 건질 수 있을지도?'

"이게 음식이라고?"

노형진이 생각에 빠진 사이에 오광훈은 아이들이 받아 가는 음식을 보고는 혀를 끌끌 찼다.

바나나 하나, 캔 옥수수를 딴 걸로 보이는 덩어리, 흰 우유 하나 그리고 빵 하나.

"예산의 문제죠."

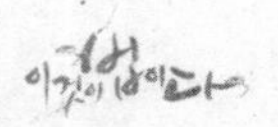

돈이 없으니 좋은 식자재도 사지 못하고, 그마저도 조리를 위한 직원의 숫자도 충분하지 않다.

"그래서 이런 슬럼가의 학교들은 대부분 냉동식품을 데우는 수준에서 음식이 나갑니다."

물론 돈이 있다면 외부에 나가서 먹어도 된다.

'돈이 있다면' 말이다.

"아, 씹."

보고 있던 오광훈은 결국 한숨을 쉬더니 갑자기 척척 움직였다.

그리고 아까부터 여학생의 엉덩이를 문지르는 녀석의 뒤통수를 후려쳤다.

"What the fuck!"

맞은 놈은 대번에 눈깔을 뒤집었고, 주변에는 살기가 흘렀다.

'확실히 반응이 한국과는 다르네.'

자신들에게 보이는 적대감.

"너 뭐야, 이 새끼야?"

"나? 검사다."

"검사?"

검사라는 말에 일단 조용해지는 주변.

물론 오광훈은 자신이 한국 검사라는 말을 하지 않았다.

시간이 흐를수록 분위기는 점차 싸늘해져 갔다.

슬럼가에서는 경찰이나 검사의 신분이 더 위험하다.

그걸 알기에 신분을 감추고 있던 플린은 쓴웃음을 지었다.

"저거 위험한데요."

"완전 무대포죠."

주변이 싸늘해지자 그제야 좀 떨어져 있던, 선생님으로 보이는 남자가 어쩔 수 없다는 듯 다가왔다.

그런데 그가 탓한 것은 잘못을 저지른 학생이 아니라 오광훈이었다.

"외부인은 출입 금지입니다."

선생님으로 보이는 남자는 안경을 올려 쓰며 말했다.

"FBI의 플린입니다."

자신의 신분증을 내미는 플린.

그러자 FBI라는 말에 불편한 얼굴이 되는 남자.

검사에 이어서 FBI까지 나오자 식당의 분위기는 더욱 살벌해졌다.

"여기에는 어쩐 일이십니까?"

플린은 뭐라고 해야 하나 고민하는 눈치였다.

그럴 수밖에 없는 게, 자신들은 비밀리에 칼 구스타프를 조사해야 한다.

여기서 그 이름을 꺼내는 것은 위험했다.

그런데 그때였다.

"투자를 위해 온 겁니다."

"투자?"

“그렇습니다. 상태가 안 좋네요.”

노형진이 불쑥 끼어든 것이다.

그리고 적대감은 더더욱 높아졌다.

‘환장하겠네.’

그럴 수밖에 없다.

이런 슬럼가를 재개발하려고 하는 시도는 몇 번이나 있었다. 어떤 나라도 범죄가 넘치는 슬럼가를 좋아하지는 않으니까.

그런데 그 말은, 이 지역에 살던 사람들이 강제로 떠나야 한다는 의미다.

돈이 없어서 이런 상태의 급식을 먹어야 하는 아이들이나 사람들에게 이 지역을 떠나라는 건 사실상 나가 죽으라는 말이나 마찬가지다.

이 지역에 사는 대부분은 세입자들이니까.

“왜 투자를 위해 학교를 오신 건지……?”

“제가 투자하는 건 땅이나 지역이 아니라 사람입니다.”

“네?”

방금 전 머릿속으로 살짝 생각한 일이었는데 실제로 다급하게 투자하게 생겼다.

“이 지역 학생들 중에서 열의가 있고 제대로 공부할 생각이 있는 아이들을 기숙사 학교에서 공부시킬까 하고요.”

한국의 학구열이 높은 것은 한국이 바닥에서 기어 올라왔기 때문이다.

그리고 여기는 바닥이다.

이곳을 떠나고 싶어 하지만 능력이 안 되는 사람들은 넘쳐 난다.

'다행히 적당한 게 있단 말이지.'

노형진은 자신의 명함을 꺼내서 그 선생님에게 건넸다.

"마이스터의 대리인인 노형진 변호사입니다."

"아!"

마이스터에는 사람에게 투자하는 시스템이 있다.

그건 제법 널리 알려져 있다.

물론 공부가 아닌 다른 재능들에 대한 투자이지만.

'하지만 공부라고 해도 나쁜 건 아니잖아?'

특히 이런 곳에 갇혀 있는 아이들을 대상으로 말이다.

생각해 보면 그러한 지원도 결국은 최소한의 가정 형편이 될 때의 이야기다.

아이가 재능이 있는데 집에서 지원하지 못할 때 부모가 신청하는 게 일반적이니까.

'하지만 이런 곳은 그런 곳이 아니니까.'

여기에는 패배감이 넘쳐 나고, 부모들은 하루하루 먹고살기도 힘들며, 엄청난 숫자의 마약중독자들이 살아간다.

아이들이 무언가를 하고 싶어 한다고 해도 기회 자체가 없는 것이다.

"슬럼가에도 재능이 있고 공부하려고 하는 아이들이 분명 존재하지요. 하지만 불행히도 그런 아이들이 공부할 분위기는 아니지 않습니까?"

"그런 아이들을 위한 기숙학교인가요?"

"그렇습니다."

노형진의 말에 대부분의 아이들은 관심도 없다는 표정이 되었다.

다만 일부 아이들이 관심을 보이는 듯했지만 그렇다고 해서 접근하지는 못했다. 주변의 눈치 때문이다.

"뭐, 그런 거라면 교장 선생님과 이야기하세요."

귀찮다는 듯 말한 선생은 다시 멀어졌고, 그제야 플린은 안도의 한숨을 내쉬었다.

"넌 진짜, 내가 돌겠다."

오광훈에게 한 소리를 한 노형진은 그곳을 나와서 교장실로 향했다.

다행히 교장은 아직 자신의 방에 있었다.

"칼 구스타프요?"

"그렇습니다. 혹시 아십니까?"

"잘 모르겠습니다만. 그 시기라면 제가 여기에 없었던 시기라서요."

고개를 흔드는 교장을 보고는 플린은 곤혹스러운 표정이 되었다.

그럴 수밖에 없는 게, 기본적으로 여기에 남아 있는 자료는 이미 FBI에서도 가지고 있기 때문이다.

“그러면 그 당시에 근무하던 분은 안 계신가요?”

“없습니다. 다들 여기서 오래 근무하지 않으려고 하거든요.”

위험한 동네이다 보니 선생들도 오래 근무하지 않고 기회가 되면 무조건 떠나려고 한다.

그렇다 보니 당연히 애정도 없고 말이다.

“그러면 선생님이 의심스럽지는 않겠네.”

오광훈은 당연하다는 듯 말했다.

기본적으로 상대방은 오랜 시간 공들여서 포섭했다고 생각하고 있다.

그런데 선생님들은 모두 여기를 떠나려고 한다면 그럴 가능성이 높지 않다는 소리다.

“도대체 왜 그러시죠?”

“수사 중이라 말씀드릴 수가 없습니다.”

문제는 이 상황에서 그들을 어떻게 추적할 것이냐는 거다.

현실적으로 본다면 현재 상황에서 가장 가능성이 높은 건 바로 학교니까.

“혹시 여기 아이들이 자주 가는 다른 곳이 있습니까?”

노형진은 혹시나 해서 물었다.

“그런 곳이야 넘쳐 나지요. 애들이 어디에 가는지를 다 알 수는 없습니다.”

교장의 말에는 학생들에 대한 최소한의 애정조차도 없었

다. 아마도 그도 먹고사는 문제만 아니었다면 벌써 오래전에 그만뒀을 것이다.

"여기 센터는 없어?"

"응?"

노형진과 플린이 다음 문제에 대해 고민하고 있을 때 던져진 한마디에, 둘의 시선이 오광훈에게 향했다.

"센터라니?"

"아니, 뭐 이런 동네는 그런 애들 모아서 갱생시키는 그런 곳이 있던데?"

"여기가 교도소냐?"

노형진은 눈을 찌푸렸다.

하지만 곧 한 가지는 인정했다.

"그것도 가능하겠네."

보통 센터라고 불리는 곳은 지역에 있는 스포츠센터를 말한다.

그런데 그런 곳은 단순히 공간만 빌려주는 게 아니다.

노형진이 사람을 구하려고 기숙학교를 생각했듯이, 비슷한 생각을 한 사람들이 센터를 기반으로 활동하기 때문이다.

이유는 여러 가지가 있는데, 일단 이 지역에서 놀 거리가 부족해서 스포츠를 하는 경우도 있고, 또 스포츠를 통해 스트레스를 풀고 제대로 활동하는 사람들도 많기 때문이다.

실제로 슬럼가에서 살다가 성공한 사람들의 이야기를 들

어 보면 센터의 이야기가 많이 나온다.

아무것도 없는 이런 지역에서 센터의 존재는 자기 인생을 포기하지 않은 사람에게는 거의 유일한 탈출구였다.

"그걸 넌 어디서 배웠어? 미국에서 살아 본 적도 없는데."

"〈GTX5〉라는 게임에서."

"그거 막 사람 죽이는 게임 아냐?"

"강도질하고 뭐 암살하고."

"뭔……."

엉뚱한 대답이었지만 그래도 확실히 의심스럽기는 하다.

그런 곳에서 일하는 사람들은 대부분은 자발적이다.

그리고 대부분은 자선적인 개념으로 접근해서 오래 근무한다.

"센터라……. 그러고 보니 그럴 수도 있겠네요."

플린 요원은 고개를 끄덕거렸다.

센터는 기본적으로 그 지역에서 좋은 이미지를 가진다.

그래서 그 지역의 갱단이라고 해도 센터에서 일하는 자원봉사자나 근무자는 손대지 않는 것이 불문율인 경우가 많다.

"거기서 일하는 사람이라면 확실히 가능성이 있기는 하네요."

플린은 조심스럽게 말했다.

그때 그 말을 듣고 있던 교장은 고개를 갸웃하며 물었다.

"센터에서 오래 일한 사람을 찾으시는 건가요?"

"그렇습니다."

“그러면 소피 베리 씨일 텐데요.”

“소피 베리?”

“그렇습니다. 센터에서 가장 오래 일한 분이지요. 벌써 30년째 일하고 계시니까요.”

그런 센터는 학교와 긴밀한 관계를 가지고 있는 경우가 많다. 그래서 교장은 그녀에 대해 잘 알고 있었다.

“좋은 분입니다. 30년간 아이들을 위해 헌신하고 계신 분이니까요.”

“헌신이라…….”

노형진은 약간 쓰게 웃었다.

“가장 흔한 가면이기는 하지요.”

천사의 가면을 쓴 자

소피 베리. 라이센트빌의 센터 직원이었다.

아주 오래전에 직원으로 들어와서 이제는 라이센트빌의 원장이 된 그녀는 라이센트빌에서 대모라고 불리고 있었다.

"대모요?"

"네, 그분처럼 아이들을 사랑하고 아이들을 위해 희생하시는 분은 없으세요."

대부와 대모란 유럽 쪽 특유의 문화다.

쉽게 말해서 부모가 어떤 일을 당했을 때 아이들의 미래를 맡길 만한 사람이라는 거다.

그만큼 상대방에게는 존중과 존경을 받고 신임을 받는 대상이라는 의미이기도 하다.

그렇기에 라이센트빌에서 그녀의 입지는 굳건했다.
"그분 주변으로 이상한 사람들이 다니지는 않던가요?"
플린이 묻자 센터의 직원은 어이가 없다는 표정으로 말했다.
"여기에서 이상하지 않은 사람을 찾는 게 더 힘든 거 아닌가요?"
"끄응……."
도둑, 소매치기, 갱, 강도 등등 별의별 놈들이 다 있는 곳이 바로 라이센트빌이다.
그들을 보듬고 안아 주는 그녀의 주변에 멀쩡한 인간이 모여들기는 쉽지 않다.
"역시 그런가요?"
"무슨 일 때문에 그러시는지 모르겠지만 소피 원장님은 범죄와는 관련이 없으실 거예요."
직원은 그렇게 말하고 떠나갔다.
플린 요원은 진지하게 고민하는 눈치였다.
"설마 우리가 엉뚱한 사람을 노린다고 생각하나요?"
오광훈의 질문에 플린 요원은 고개를 흔들었다.
"아니요. 그건 아닙니다. 전 세상에 절대적으로 선한 사람이 있다고는 믿지 않습니다. 워낙 가면을 잘 쓰는 놈들이 많아서요. 제가 고민하는 건, 그놈들이 숨어 있을 때 그걸 어떻게 찾아내느냐는 겁니다. 이렇게 지역사회에서 철저하게 우호적인 시선을 받으면 수사 자체가 힘들거든요."

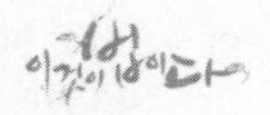

더군다나 현 상황에서는 은밀히 수사해야 한다.

그런데 이런 식이면 누군가에게 물어보기만 해도 당장 그녀의 귀에 들어갈 가능성이 높아진다.

"지금 당장은 직원에게 말하지 말고 조용히 있으라고 하기는 했지만, 계속 그러다 보면 누군가가 이야기를 흘리지 말라는 법도 없으니까요."

만일 그렇게 된다면 상대방은 모든 꼬리를 자르고 숨어 버릴 것이다.

그런 경우에는 진짜 추적이 불가능할 수도 있다.

"그렇다고 수사를 하지 않을 수도 없고."

수사의 기본은 탐문이다.

영장을 치는 순간 상대방은 수사 사실을 알게 되기에 그 전에 최대한 증거를 긁어모아야 한다.

"차라리 내가 한번 만나 보는 건 어떨까요?"

"노 변호사님이요?"

플린은 당황스럽다는 표정으로 되물었다.

"만나서 어쩌시려고요? 만난다고 해서 증거를 찾을 수 있는 것도 아니고 도리어 의심만 받을 텐데요."

노형진은 고개를 저었다.

"반대로 의심을 받지 않고 쉽게 접근할 수 있을지도 모르지요."

"네?"

"학교에서 한 말이 있지 않습니까, 마이스터가 투자하려고 한다는. 만일 플린 요원 말대로 연락이 간다면 당연히 소피 베리는 그 사실을 알고 있을 겁니다. 어쩌면 교장이 먼저 연락했을 수도 있지요."

"아차!"

교장에게는 입단속을 하지 않은 상황.

그러니 그가 평소 알고 지내던 소피 베리에게 이야기를 전했을 수도 있다.

"그러면 차라리 다른 핑계를 대면서 접근하는 게 의심을 피하는 방법일 수도 있습니다. 그리고 공교롭게도 오광훈 검사 덕분에 거기서 이 지역의 기숙학교에 대한 이야기를 했었지요."

"으음…… 그렇군요."

만일 이 지역 학생들을 위한 기숙학교를 만든다면 손잡을 수 있는 가장 확실한 대상은 누굴까?

"이 지역에서 대모라고 불리는 사람이라면 그런 기숙학교를 만드는 데 있어서 최우선으로 도움을 요청할 대상이라 할 수 있지요."

"차라리 대놓고 접근하는 게 안전하다 이 말씀이군요."

"그렇습니다."

물론 FBI가 끼어든 게 어색하기는 하지만, 우범지대에 대한 범죄율 관리 목적으로 FBI와 함께 시범학교를 만드는 거라고 하면 대충 넘어갈 수도 있다.

"확실히 그렇게 하면 어느 정도 접근하고 파고들어도 변명의 여지가 있겠네요."

"맞습니다. 하지만 그것만으로는 부족하지요. 플린 요원은 실종자를 찾아 주셨으면 합니다."

"실종자요? 애석하게도 이 지역에는 실종자가 너무 많습니다."

우범지대라는 게 그냥 생긴 말이 아니다.

길바닥에서 총질해서 상대방을 죽이는 경우도 있지만 납치해서 묻어 버리거나 강바닥에 처넣어 버리는 경우도 제법 많다.

더군다나 이곳에 있는 갱단만 크고 작은 걸 다 합하면 다섯 곳이 넘고, 갱단은 아니지만 몰려다니는 패거리까지 하면 스무 곳 가까이 된다.

"알고 있습니다. 하지만 조건을 좀 달리 본다면 이야기도 달라지겠지요."

"조건을 달리 본다고요?"

"악마 교단에서 누군가를 꼬시려고 할 때 그냥 포교할 수는 없지 않습니까? 그에 상응하는 뭔가를 줘야 합니다. 과연 그 뭔가가 뭘까요? 칼 구스타프의 상황을 보면 대충 답은 나옵니다만."

"보복이네."

오광훈은 바로 알아들었다.

“내가 칼 구스타프 같은 상황이라면 자기 건드리는 놈을 죽여 달라고 하겠지.”

오광훈의 말이 정확했기에 노형진은 고개를 끄덕거렸다.

“어차피 저들은 제물을 필요로 합니다. 그리고 누군가에게 원한을 품게 할 정도의 놈이라면 언제 어떻게 사라져도 이상할 게 없는 동네이고요.”

“자기를 괴롭히던 존재를 대모라 불리는 존재에게 부탁해서 제물로 바쳤다고는 누구도 생각하지 못하겠죠.”

만일 그렇다면 그들은 완벽하게 안전하게 숨어서 보호받는 거다.

그렇게 누군가를 괴롭히는 놈이라면 지역 경찰에서도 좋게 보지 않을 건 뻔한 일이고, 그런 자를 찾아내기 위해 경찰이 온 도시를 수색할 가능성은 없다고 봐도 무방하다.

설사 수색을 하고 싶어도 이런 곳에서는 불가능하다.

실제로 이런 슬럼가에서 갱단이 경찰에게 먼저 총을 쐈다가 반대로 사살당한 사건이 있었다.

그 사건에서 주변의 흑인들이 몰려와서 무조건 경찰이 먼저 쐈다고, 그리고 피해자의 손에 권총을 쥐여 줬다고 우겼다.

족히 몇백 명의 사람들이 몰려나와서 그렇게 말했기에 경찰은 위협을 느끼고 스와트를 출동시켜서 현장을 봉쇄했다.

그리고 차량에 있는 블랙박스를 확인했는데, 아니나 다를까, 갱단이 먼저 기습적으로 순찰 중인 경찰에게 발포하는 게 찍혀 있었다.

그걸 증거로 내밀었음에도 불구하고 슬럼가의 주민들은 무조건 경찰의 잘못이라고 우겼다.

그 정도로 미국 슬럼가에서 경찰의 안전은 보장받지 못한다.

그런 상황인데 실종자의 수사가 제대로 진행되겠는가?

설사 그렇게 주변에 적대적이지 않은 사람이라고 해도 말을 하지 않는 경우가 많다.

운이 좋아 봐야 집 나가서 가출한 거고 운 나쁘면 갱단에 죽은 건데, 그걸 나불거리면 갱단에 자기를 죽여 달라고 하는 꼴밖에 안 되니까.

"하지만 제 생각은 다릅니다. 원한의 처리 대가로 포섭한다면 아주 안전하게 새로운 신도를 포섭할 수 있지요."

사실상 청부 살인이고 미국의 법률상 청부 살인은 1급 살인, 즉 사형이 가능한 범죄다.

그렇게 신도를 늘린다면 안전하게, 그리고 살인을 청부할 만큼 독한 놈들로 신도를 늘릴 수 있다.

"그 부분은 감안을 못 했네요."

플린 요원은 고개를 끄덕거리면 인정했다.

"알겠습니다. 저희가 알아보도록 하지요. 바로 버킨 대장님에게 말씀드리겠습니다. 다른 건 도와드릴 게 없나요?"

"아까 말씀드렸다시피 소피 베리를 당당하게 만나야 합니다."

그리고 그 약속을 잡는 역할은 FBI가 해 줘야 한다.

그래야 최대한 의심을 피할 수 있다.

"알겠습니다. 하지만 그렇게 접촉한다고 해서 뭔가 나올까요?"

"나올 겁니다. 확실히 말이지요."

노형진은 주먹을 쥐었다가 펴면서 확신을 가지고 말했다.

⚖

"노형진 변호사입니다. 마이스터의 대리인을 하고 있습니다."

노형진은 웃으면서 소피 베리에게 악수를 청했다.

"소피 베리예요. 이 지역을 위해 좋은 일을 하시려고 한다는 이야기는 들었어요."

"좋은 일은요. 저희도 투자 기업입니다. 사람에게 투자할 뿐이지요. 능력이 되는 사람이라면 그가 어디에 있든 투자할 뿐입니다."

웃으면서 말하는 노형진이지만 속으로는 애가 탔다.

'별생각이 없네.'

별생각이 없다.

그러니 기억도 읽어 내지 못했다.

'그렇다고 해서 계속 손을 잡고 있을 수는 없고.'

노형진은 어쩔 수 없이 손을 놨다.

본격적으로 이야기를 하기 위해서다.

'어쨌든 한 가지는 확실하네. 그다지 좋은 사람은 아니라는 것.'

순수하게 이 사회를 위해 노력하는 사람이라면 이런 투자 건에 대해 상당한 기대감을 가지기 마련이다.

하지만 소피 베리는 아무런 생각도 없었다.

'마치 여기가 어떻게 되든 상관없다는 듯이 말이지.'

정말로 지역사회에 관심을 가지고 사회운동을 하는 사람이라고 보기는 힘들었다.

물론 노형진은 그런 티를 내지 않았다.

"물론 저희가 무한대로 투자할 수는 없습니다."

노형진은 진지하게 말을 꺼냈다.

"엄밀하게 말하면 그들에게는 두 가지의 선택지가 있습니다."

"두 가지요?"

"그렇습니다. 하나는 전문직으로 나가는 것. 다른 하나는 기술직으로 나가는 것."

"그 차이가 뭔지 모르겠네요."

"전문직은 말 그대로 의사나 변호사 같은 걸 말합니다."

많이 배운 만큼 많이 번다.

안 그래도 미국은 의사가 부족한 나라 중 하나다.

노형진이 다수의 의료 재단을 인수했다고 해서 없는 의사가 생기지는 않는다.

“의사나 변호사가 될 때까지 금전적 지원을 해 주고, 그 후에 생겨나는 수입에서 투자금을 회수하는 거지요.”

“그러면 기술직이라는 건 뭐지요?”

“기술직이라는 건 남들이 하지 못하는 특수 기술을 익히는 겁니다.”

가령 수중 용접 기술자 같은 경우는 일반 용접 기술자들과는 비교도 못 할 만큼 돈을 많이 받는다.

일단 수중 용접을 하기 위해서는 스킨 스쿠버도 잘해야 하고 용접의 경우는 거의 눈 감고 할 정도의 실력이 되어야 한다.

수중 용접의 대부분은 아주 깊은 수심에서 이루어지므로 앞이 잘 보이지 않기 때문이다.

설사 깊지 않다고 해도 흙탕물이 심하면 코앞도 보이지 않으니까.

“그런 몇몇 특수 업종들이 있습니다.”

공부와는 상관없지만 그래도 기술에 대해서는 상당히 오래 배워야 하는 업종들 말이다.

“전자는 공부를 잘하는 아이들이라면 가능하겠지요. 하지만 이곳을 벗어나고 싶지만 공부를 잘 못하는 아이들이라면 불가능합니다.”

“그런 아이들은 후자를 선택해라 이거군요.”

“맞습니다. 어찌 되었건 기회는 주어지는 겁니다.”

그리고 그걸 살리는 것은 결국 자신의 선택이다.

"좋은 생각이네요."

마치 천사 같은 미소를 지으면서 노형진을 바라보는 소피베리.

하지만 노형진은 그런 그녀의 내면이 궁금해서 미칠 것 같았다.

'힘으로 붙잡고 물어볼 수도 없는 노릇이고.'

그렇다고 다짜고짜 악마 숭배자냐고 물어볼 수도 없는 노릇이다.

"그런데 제가 도와드릴 게 있나요? 그건 투자회사 차원에서 하는 투자 같은데요."

"현실적인 문제죠. 여기에 있는 모든 아이들이 탈출하고 싶어 한다는 것. 하지만 투자는 투자일 뿐입니다. 모두가 탈출하고 싶다고 해서 전부 탈출시킬 수는 없습니다."

"그게 무슨 말이지요?"

"공부해서 사회의 올바른 일원이 되는 아이들도 있습니다. 하지만 올바르지 않은 탈출 방법을 선택하는 아이들도 있기 마련이지요. 가령 마약상이 된다거나 하는 식으로 말입니다."

결국 자본주의국가인 미국에서 돈은 절대적 위력을 자랑한다.

"그러니까 내가 인성을 봐 달라는 말씀이군요."

"그렇습니다. 미래에 올바른 사회인이 될 수 있는 사람이라면 당연히 저희는 도와줄 의사가 있습니다. 하지만 악마 같은, 히틀러 같은 사람을 키울 수는 없지요."

슬쩍 악마라는 단어를 끼워 넣는 노형진.

"악마 같은 이라……."

"악마가 풀려나면 이 세상이 어떻게 되겠습니까?"

슬쩍 들어 보면서 비유일 뿐이다.

하지만 노형진의 그 말은 비유가 아니었다.

"세상은 이미 악마로 가득 차 있는지도 모르지요."

"글쎄요."

저 말은 과연 종교적인 말일까, 아니면 거친 세상에 대한 불만일까?

모든 것이 확실하지 않은 상황에서 노형진은 기회만을 노리고 있었다.

그리고 그런 기회를 만들어 준 것은 의외로 오광훈이었다.

"소피 선생님, 문제가 생겼어요."

"문제?"

"아이 중 한 명이 손님 한 명을 공격했어요."

"아니, 그게 무슨 말입니까?"

"그런데 그 손님한테 너무 두들겨 맞고 있어서……."

"공격했는데 두들겨 맞고 있다고요?"

"네. 세 명이 한꺼번에 덤볐는데……."

"잠시만요. 자리 좀 비우겠습니다."

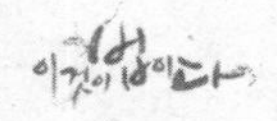

소피는 당황한 듯 자리에서 일어났다.

'나이스.'

소피가 다급하게 나가자 노형진은 주변을 예리한 눈빛으로 살펴보았다.

예상대로 사무실 안에 CCTV 같은 건 없었다.

'본인이 켕기는 짓을 한다면 더더욱 그런 걸 설치하지 않겠지.'

노형진은 그렇게 생각하면서 건너편에서 그녀가 지금까지 들고 있던 커피 잔에 손을 올렸다.

그녀가 무슨 생각을 했는지 알 수는 없다. 하지만 단편적인 정보라도 건질 수 있다면 다행이었다.

금방 깊어지는 기억 속.

'이건?'

아주 찰나의 순간, 스치고 지나가는 어떤 장소의 모습.

그곳에 보이는 두건을 쓴 사람들.

그들이 모여 있는 장소, 그곳에는 한 남자가 있었다.

그의 얼굴에는 공포가 가득했다.

"제발…… 살려 줘."

그러나 주변의 사람들은 전혀 신경 쓰지 않았고, 가면을 쓴 다른 사람이 다가가고 있었다.

작은 체구의 그가 묶여 있는 남자에게 다가가자 옆에 서 있던 남자가 그에게 뭔가를 보여 준다.

날카로운 단검과 총 그리고 기름으로 보이는 통과 성냥이었다.

아마도 죽이는 방식을 선택하라는 의미일 것이다.

작은 체구의 사람은 그것들을 물끄러미 바라보다가 기름통을 들었다.

그리고 묶여 있는 남자의 머리 위로 천천히 기름을 붓기 시작했다.

그와 동시에 주변에서 들려오기 시작하는 기도문.

뭐라고 하는지 알 수 없는 없을 정도로 낮게 읊는 기도문이었지만 한 가지는 명백했다.

남자의 공포심은 그 어느 때보다 강해지고 있었다.

"제발…… 제발 그만둬. 살려 줘. 시키는 대로 다 할게."

그러나 제례는 끊임없이 이어져 갔고, 마침내 기름 한 통을 다 부은 작은 체구의 남자는 뒤로 물러났다.

'이런.'

누군가가 죽는 모습을 보고 있다는 것.

그건 소피 베리가 그 멤버 중 하나라는 거다.

그리고 위치를 본다면 아마도 소피 베리가 집전자 또는 교주의 역할일 것이다.

위에서 내려다보는 시점이었으니까.

'막을 수도 없고.'

가슴 아프지만 이건 과거의 광경.
소피 베리가 악마라는 말을 꺼냈을 때 반사적으로 떠올린 영상일 뿐이다.
"리우 맞지? 리우, 잘못했어! 내가 잘못했어! 리우, 살려 줘!"
그 순간 피해자는 어떤 이름을 입에 담았다.
리우.
아마도 본능적으로 작은 체구의 남자가 누구인지 알았을 것이다.
그러니 살려 달라고, 잘못했다고 비는 것이리라.
아마도 노형진의 예상이 맞다면 그가 괴롭히던 대상일 가능성이 높다.
그러나 리우라고 불린 남자는 주저하지 않고 성냥에 불을 붙여서 던졌다.
그리고 이어지는 찢어지는 비명.
"끄아아악!"

거기까지 본 노형진은 잽싸게 손을 뗐다. 그 이후에는 볼 필요도 없었으니까.
그리고 때마침 문이 열리면서 소피와 오광훈이 들어오는 게 보였다.
"헐?"
그리고 들어오는 세 명의 아이들.

그런데 그 아이들은 말 그대로 피떡이 되어 있었다.

흑인임에도 불구하고 티가 날 정도로 얼굴이 붓고 붉으락푸르락했다.

코에서는 코피가 줄줄 흐르는 게, 가관이다.

"뭐야?"

"뭐긴, 인실좆 시켜 준 거지."

가뿐하다는 듯 고개를 좌우로 흔드는 오광훈.

"어디 호적에 잉크도 안 마른 놈들이."

"호적 없어진 게 언제인데. 그리고 미국에 호적이 어디 있어?"

"하여간, 그렇다고."

잔뜩 주눅이 든 아이들을, 오광훈은 노려보았다.

그리고 그 시선에 더욱 졸아드는 아이들.

"어떻게 된 겁니까?"

"죄송합니다. 아이들이 일행분을 공격했다네요."

"아니, 왜? 너 뭔 짓 했냐?"

소피 베리의 말에 당황해서 노형진은 오광훈을 쳐다보았다.

그런데 오광훈의 잘못이 아니었다.

"여기 이놈, 누군지 모르겠어?"

"알겠냐? 얼굴이 떡이 되었는데?"

"학교에서 성추행하던 그 새끼야."

"학교? 아!"

학교에서 성추행하다가 방해를 받은 그 아이였다.

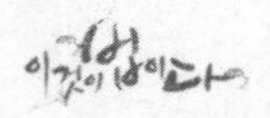

현장에서는 반격도 못하고 방해를 받았지만 여기서는 말려 줄 사람도 없어 보이고 자기들은 세 명이나 되니, 간땡이가 부어서 선공한 모양이었다.

하지만 상대방은 오광훈이다.

수십 년간 칼에 찔려 가면서 버틴 조직의 보스였고, 격투 훈련을 제대로 이수한 검사이기도 했다.

그런 그를 고작 고등학생 세 명이 이긴다는 건 불가능했다.

"너 그때 검사라고 말했었잖아?"

노형진은 그 말을 하면서 슬쩍 아이들을 바라보았다.

그리고 그 말을 들은 아이들의 얼굴은 새파랗게 질렸다.

'못 들었나 보구만.'

그랬으니 공격했을 것이다.

하긴 그때는 갑자기 뒤통수를 맞았으니 뭐가 귀에 들어왔겠는가?

노형진이 영어로 검사라고 말한 이유는 간단하다.

한국도 그렇지만 미국은 사법 시스템에 대한 도전을 아주 심각하게 받아들인다.

검사를 공격하는 경우는 거의 100% 실형이 나온다.

이번에는 단순한 주먹질이지만 나중에는 갑자기 총질을 할 수도 있기 때문이다.

"검사님이십니까?"

소피 베리는 갑자기 고개를 숙여서 오광훈에게 빌기 시작했다.

"아이들이 잘못했습니다. 선불리 행동한 것이 잘못이기는 하지만 제발 한 번만 용서해 주십시오."

"선생님."

"제가 아이들을 잘못 키운 겁니다. 죄송합니다. 제가 책임지고 갱생시킬 테니 이번 한 번만 용서해 주시면……."

"으음……."

머리가 하얀 노인이 그렇게 고개를 숙여서 빌고 있는데 독하게 말하지 못하는 건 누구나 마찬가지다.

더군다나 검사라지만 미국의 검사도 아니지 않은가?

'물론 FBI를 통해 찔러 넣으면 처벌할 수 있겠지만…….'

노형진은 그럴 생각이 없었다.

'그나저나 엄청 뻔뻔하네. 역시 대모라는 가면을 쓰고 있다고 해야 하나?'

누가 본다면 진심으로 아이들을 위해 빌고 있는 것처럼 보이는 장면이었다.

"어…… 아……."

슬쩍 눈치를 보던 오광훈.

노형진이 눈짓하자 어쩔 수 없다는 듯 말했다.

"다음번에는 이러지 마세요. 어리다고 해서 봐주는 데에도 한계가 있습니다."

"감사합니다. 감사합니다."

고개를 계속 숙이는 소피 베리.

그러자 그 모습에 세 학생은 더더욱 고개를 들지 못했다.

"아무래도 지금은 이야기할 상황이 아닌 듯하네요. 나중에 다시 찾아뵙겠습니다. 아이들을 치료도 해야 할 것 같고요."

"죄송합니다. 나중에 기회가 되시면……."

"네, 나중에 뵙도록 하지요."

사과하는 소피 베리를 두고 노형진은 오광훈과 함께 센터에서 나왔다.

돌아와서 차에 올라타자 오광훈이 슬쩍 질문을 던졌다.

"뭐 좀 건졌어?"

"일단은."

"일단은?"

"그래, 일단은 말이지."

노형진은 그 기억 속에서 들리던 마지막 비명을 곱씹으며 말했다.

"리우라는 이름을 건졌지."

노형진과 오광훈이 묵고 있는 호텔.

그곳으로 온 플린은 자신이 알아 온 것을 확인시켜 줬다.

"리우라는 아이는 라이센트빌 고등학교에 재학 중입니다."

FBI는 그 이름답게 빠르게 정보를 모아서 왔다.

“히스패닉 계열이고 이혼한 아버지 아래서 살고 있습니다. 아버지는 도계장에서 일하고요.”

“도계장?”

“닭을 가공하는 공장을 말해.”

짐승을 죽인다는 것은 필수적인 업무이기는 하지만 동시에 모두가 꺼리는 일 중의 하나다.

즉, 그런 곳에서 일한다는 건 상대적으로 무시당한다는 소리다.

“이 지역에 히스패닉 계열이 없으니 무시당하겠군요. 칼 구스타프처럼요.”

“맞습니다. 상당히 괴롭힘을 많이 당한 모양이더군요.”

상대적으로 작은 체구, 거기에다가 히스패닉은 무시를 많이 당하는 인종 중 하나다.

“주변에서 실종된 사람은 없습니까?”

“주변에서는 없습니다만.”

“질문이 잘못된 것 같네요. 그를 괴롭히던 놈들 중에서 실종된 사람 없습니까?”

“그것까지는 잘 모르겠습니다. 하지만 결국 학교에서 실종된 것일 테니 최근 기록을 확인해 보지요.”

“아마도 그럴 겁니다.”

노형진의 질문에 컴퓨터에서 확인하는 플린.

그 지역의 실종자 명단을 확인하는 것이다.

"아, 얼마 전에 실종자가 있습니다. 대략 3개월 정도 되었군요. 조이 맥스, 17세입니다."

"다른 정보는 없나요?"

"단순 실종 정보만 확인한 거라서요. 잠시만 확인해 보겠습니다."

조금 확인하자 많은 정보가 나왔다.

"조이 맥스의 아버지는 마약중독이군요. 어머니는 집을 나간 것 같습니다. 실종 신고는 되어 있지만 가출로 추정되네요."

아버지가 마약중독이라면 사실 결말은 뻔하다.

엄마도 마약중독이든가 아니면 집을 나갔든가.

마약중독을 고치는 게 절대 쉬운 일은 아닌데 현실적으로 이런 슬럼가에 사는 사람들이 마약 치료소에 들어가서 그 치료비를 낼 정도로 돈이 충분하지는 않으니까.

그나마 독하게 마음먹으면 벗어날 수도 있겠지만 그런 사람은 극히 드물다.

"신고 기록이 있네요. 조이 맥스의 아버지가 아내를 때린 기록입니다."

"흠, 그렇다면 조이 맥스 역시 맞았다고 봐야겠네요."

가족에 대한 폭력은 절대 한 명으로 끝나지 않는다.

아내를 때렸다면 100% 자식도 때린다.

"폭력이라는 건 전염성이 강하지요."

아버지에게 맞은 자식은 다른 사람에게 주먹을 휘두른다.

화가 나거나 자신이 틀렸을 경우 인내하는 법을 배우는 게 아니라 주먹을 휘두르는 법을 배웠기 때문이다.

"학교의 기록은 확인할 수 없습니다만 내일 확인해 볼까요?"

노형진은 고개를 흔들었다.

"직접 하면 의심할 겁니다. 경찰을 보내서 조이 맥스의 실종 수사라고 해서 자료를 받아 보세요. 아마도 학교 내 폭력 행위로 인한 문제가 있다고 나올 것 같습니다만."

"그 사무실에서 본 리우라는 이름이 그 소년이라고 생각하시는 거군요."

노형진은 사무실에서 서류에 적혀 있는 리우라는 이름을 봤다고, 또 그걸 소피 베리가 슬쩍 감추는 것도 봤다고 거짓말했다.

그래야 믿을 테니까.

"그렇습니다. 전에도 말씀드렸다시피 신도를 포섭하기 위해서는 아주 강력한 무언가를 줘야 합니다. 악마 숭배라는 것은 결국 그만큼의 대가가 없으면 반사회적 문화 때문에 받아들여질 수 없는 일이니까요."

"내가 힘들 때 손을 내밀어 준 건 악마뿐이었다 이건가?"

"뭐, 중2병적인 감성이 넘쳐 나는 말이기는 하지만 틀린 말은 아니지."

그런 학대를 받는 아이들이라면 학대에서 벗어날 수 있다면 뭐든 하려고 할 테니까.

"아, 그리고 그 리우라는 아이를 보호하는 조직이 있을 겁니다."

"조직요?"

"그들이 조이 맥스를 제물로 바쳐서 그가 사라졌다 해도, 다른 놈들도 포기하지는 않을 테니까요."

범죄자는 끼리끼리 모이기 마련이다.

그건 학교 내부의 폭력 조직도 마찬가지다.

패거리를 만들고, 그 패거리가 세력을 자랑하고, 그들이 바깥으로 나가서 갱단에 들어가거나 자체적인 갱단이 된다.

"리우를 보호하는 조직이 악마 숭배 집단과 관련이 있을 거라고 생각하시는 거군요."

"안 그러면 의미가 없지요."

한꺼번에 그 패거리를 싹 죽여 버릴 수는 없다.

그랬다가는 진짜 일이 커진다.

지역의 특성상 한두 명 사라지는 거야 특별한 일이 아니겠지만 한 무리가 사라지는 건 완전히 이야기가 다르다.

"당연히 그를 보호하면서 이쪽으로 넘어오게 힘을 주는 조직이 내부에 있을 겁니다."

"그러겠군요. 그에 대한 공격이 계속된다면 의미가 없을 테니까."

“그러니 학교 내부의 권력 관계도 확인해 보면 좋을 것 같네요. 선생님들은 의미가 없을 것 같습니다만.”

조용히 듣고 있던 오광훈도 고개를 끄덕거렸다.

“하긴 학교에는 그런 게 다 있기 마련이지. 더군다나 학교 돌아가는 꼴을 보면 더더욱 그럴 테고. 선생이라는 작자들이 학생들에게 쥐뿔도 관심이 없어 보였으니까.”

그런 상태라면 내부의 폭력 조직에 관련된 정보는 선생들에게 요청해 봐야 나오는 게 없을 것이다.

“하지만 그러면 시간이 좀 걸릴 겁니다. 아실지 모르지만 그런 조직들에 대해 알아내려면 학생들에게서 알아내야 하는데, 경찰들이 접촉하기는 쉽지 않으니까요.”

“오, 그거 내가 할게요.”

“응?”

노형진의 말에 뜬금없는 말을 하는 오광훈.

“미국 경찰도 못 알아내는 걸 네가 어떻게 알아내?”

“남자는 말이야, 주먹으로 친해지는 거야.”

그러면서 당당하게 주먹을 흔드는 오광훈이었다.

⚖

‘이건 주먹으로 친해지는 게 아니라 주먹으로 협박하는 것 같은데?’

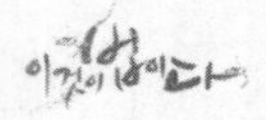

노형진은 목구멍까지 올라온 말을 꾹 참았다.
'하지만 그래도 쓸 만은 한 계획이니.'
정보를 얻기 위해서는 학생의 도움이 필요하다.
그런데 괴롭힘을 당하는 학생들은 겁먹고 정보를 안 준다.
가해자라면, 마찬가지로 당연히 정보를 안 준다.
그렇다면 괴롭힘당하지 않을 정도로 자신을 지킬 힘을 가지고 있는 애들이 필요하다.
"자, 자! 먹어! 안 먹어? 먹으라니까."
피자를 사 두고 싱글벙글 웃고 있는 오광훈의 앞에 울상으로 앉아 있는 세 사람.
오광훈에게 피떡이 되도록 두들겨 맞은 세 학생이었다.
"그러고 보니 이름도 모르네."
싱글벙글 웃는 오광훈이었지만 세 아이는 눈치만 볼 뿐이었다.
"릭이라고 불러 주세요."
결국 한 아이가 대표로 입을 열었다.
가장 먼저 오광훈과 트러블이 있던 그 아이였다.
"좋아, 릭. 먹으라니까."
"야, 그 소리 한 번만 더 했다가는 체하겠다."
오광훈의 강압 아닌 강압에 노형진은 일단 말리면서 릭에게 질문을 던졌다.
"릭, 내가 몇 가지 물어보고 싶은 게 있는데 말이지."

"뭘요?"

"물론 대답을 잘한다면 그에 상응하는 보상이 있을 거야."

그러면서 탁자에 100달러짜리 지폐 세 장을 올려 두는 노형진.

그걸 본 릭은 눈을 반짝거렸다.

"학교에 대해 알고 싶어서 그래."

"학교요?"

"그래. 아무래도 기숙학교를 세우려면 어느 정도 내부 관계는 알아야 아이들을 걸러서 받을 수 있거든."

"으음…… 네."

"지금 학교에서 가장 큰 파벌은 누구야?"

"우리 학교는 전통적으로 데몬즈가 쥐고 있어요."

"데몬즈?"

"네."

아니나 다를까, 학교 내에는 아이들이 모여서 만들어진 조직이 있었다.

"데몬즈는 매년 새로운 아이들을 멤버로 받아 가면서 숫자를 늘려요."

"일종의 모임 같은 거구나."

학창 시절에는 데몬즈에서 활동하다가 졸업하면 갱단에 들어간다. 그리고 선배 갱단에서 데몬즈의 리더에게 지시를 내리는 것이다.

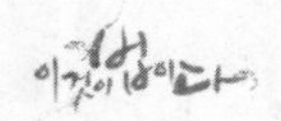

"아마도 내부 규칙이 엄청 엄하겠지?"
"네, 엄청 엄해요. 절대 상급생에게 덤비거나 하지 못해요."
"덤비면?"
"덤비면……."
살짝 눈치를 보는 릭. 그러다가 조심스럽게 입을 열었다.
"딱 한 번 그런 일이 있었다는데……."
이런 곳에서 모든 것을 판단하는 기준은 바로 힘이다.
그런데 그 당시 압도적으로 싸움을 잘하는 10학년이 있었다.
아무리 데몬즈니 뭐니 해도 결국 일반적인 학생들이었지만, 그 아이는 어릴 때부터 권투를 했고 체급도 헤비급이었다.
"리더를 두들겨 팼다고 하더라고요."
그리고 이제는 자기가 데몬즈의 리더라고 못 박았다.
힘이면 될 거라고 생각한 것이다.
"그런데?"
"그런데…… 사라졌어요. 그냥 실종되었다고 하던데요."
경찰에서는 대충 찾는 시늉만 하다가 끝냈다.
어차피 막 나가는 인생 패배자들이니 그다지 신경 쓰지 않은 것이다.
"그 후부터 절대 그런 일이 없었다고 들었어요."
'아마도 그 데몬즈라는 놈들이 내부 조직이겠군.'
그렇게 연공서열을 따지는 이유는 간단하다.
리더가 악마 숭배자여야 하니까.

그런데 누가 악마 숭배자가 될지 알 수가 없다.

그리고 그렇게 힘으로 따지기 시작하면 불리해지는 건 그들이니까.

“그래서 데몬즈가 학교에서 얼마나 힘을 가지고 있지?”

“절대적이에요. 선생님도 그 애들은 못 건드려요.”

“그 후에 졸업하면 갱단으로 들어가고?”

“네.”

“그 데몬즈가 얼마나 되었는지 아니?”

“어…… 한 20년, 아니 30년 넘었으려나?”

노형진은 눈을 찌푸렸다.

‘이거 골 때리게 생겼는데?’

만일 그런 조직이라면, 그래서 악마 숭배자들이 각 지역의 갱단으로 들어가서 이끌게 된다면?

사실상 지역 갱단 대부분이 악마 숭배자들의 부대라고 볼 수도 있다.

“그러면 리우라는 아이는 아니?”

“아, 그 애 알아요. 데몬즈에서 보호 대상이라고 선포한 아이예요.”

“보호 대상?”

“네. 가끔 그런 경우가 있어요.”

데몬즈에서 이 아이를 보호한다고 선포해 버리면 그 아이는 건드려서는 안 된다.

만일 그 아이를 건드리는 경우 지독한 보복이 돌아오기 때문이다.

"실제로 가끔 그런 경우도 있기는 한데, 그러면 보통 한두 군데 부러지지 않고서는 안 끝나요."

데몬즈에서 몰려가서 집단으로 두들겨 패기 때문에 아무리 깡이 좋아도 못 이긴다는 것.

"보호받는다고?"

예상대로의 말이었다.

"아마도 돈을 주면 보호해 준다는 것 같아요."

"돈?"

"네. 소문으로는 5천 달러를 내면 보호해 준다는데."

"5천 달러라……."

5천 달러면 한화로 600만 원 정도 되는 돈이다.

현실적으로 돈이 없어서 이곳에 사는 아이들이 그 정도 돈을 내고 보호를 요청한다는 건 불가능하다.

'적당한 핑계군.'

소문일 뿐이니까 진짜 이유를 감출 수 있다.

누군가 이를 악물고 그 돈을 모아서 가지고 온다 해도 그걸 받고서 보호를 선포해 버리면 그만이다.

악마 숭배자가 아니라고 해도 5천 달러의 수익이면 적은 게 아니고, 대충 눈치를 보니 보호 선포를 해 버리면 절대 못 건드리는 모양이니까.

"리우 그 새끼는 돈도 없는 거지새끼가 어떻게 돈을 구했는지 알 수 없지만……."

슬쩍 말끝을 흐리는 릭.

"그래서 리우는 보호 대상이다?"

"네."

"데몬즈의 리더가 누군데?"

"지금은 나탈리예요."

"나탈리?"

"나탈리 잉겔이라고, 졸업반이에요."

성씨가 잉겔이라면 유럽 계통이다. 거기다가 나탈리라면…….

'대충 답 나오네.'

백인 여성의 이름.

그 아이는 분명 지독한 괴롭힘을 받아 왔을 것이다.

'그리고 악마 숭배자들이 접근했겠지.'

그렇게 포섭하고 복수해 주고 데몬즈에 받아들여 주고, 졸업반이 되자 리더를 시켜 준 것이다.

'그런 식으로 승계가 이어진 거군.'

"그러면 데몬즈의 멤버는?"

"한 예순 명쯤 되는데."

"숫자가 그다지 많지는 않네?"

"숫자가 문제가 아니에요. 원래 데몬즈는 숫자를 많이 유지하지 않아요. 하지만 그 선배들이 문제죠."

갱단에서 실제로 활동하는 선배들이 어마어마하고, 그들은 살인을 하면서도 눈도 깜짝하지 않는 인간들이다.

당연히 그런 놈들이 도와준다고 하면 고작 학생들이 데몬즈에 저항할 수는 없다.

"저기, 그런데 이런 거 제가 말했다고 하면 안 돼요."

릭은 잔뜩 겁먹은 눈치였다.

하긴 데몬즈가 폭력 조직의 멤버 공급책이라면 이런 이야기를 했다는 것만으로도 보복이 들어올 수 있다.

"그래, 그러마."

노형진은 고개를 끄덕거렸고 아이들은 눈치를 보다가 300달러를 주머니에 슬금슬금 넣었다.

"먹고 가라."

노형진은 옆에서 피자를 보면서 먹을까 말까 고민하는 오광훈을 데리고 식당에서 나왔다. 자신들이 사라져야 그나마 속 편하게 먹을 것 같았기 때문이다.

"맛있어 보이는데."

"나중에 먹어."

"쩝. 그나저나 데몬즈? 그놈들이 핵심 같지?"

"그래."

"도대체 왜 이런 곳에서 그런 식으로 세력을 늘리는 건지 모르겠네."

오광훈은 고개를 갸웃하며 말했다.

"옛날부터 새로운 종교가 생기면 가장 먼저 공략하는 대상이 하위 계층이야."

하위 계층은 변화를 바란다.

그에 반해 상위 계층은 당연히 현 상태의 유지를 바란다.

"사회에 불만을 가진 자들을 먼저 포섭하고 세력을 세우는 게 우선이지. 모든 종교는 그 과정을 거쳐서 성장해. 그리고 전에도 한번 말한 것 같은데, 종교적 관점에서 아이들은 백지 같은 상태야. 그래서 오염시키기 쉽지. 한번 오염되면 벗어나기도 쉽지 않고."

더군다나 이런 슬럼가의 아이들은 상습적인 폭력에 노출되어 있다.

그 때문에 악마주의나 악마 숭배에 빠지기가 쉽다.

"흠…… 그놈들을 추적하라고 해야 할까?"

"그래야겠지."

여기까지는 자신들이 도와줄 수 있다.

그러나 이 이상은 공권력이 필요하다.

"이참에 너 훈장 하나 더 챙겨 가라."

"훈장?"

"그래. 네가 높은 곳으로 갈수록 우리도 유리해지니까."

노형진은 오광훈을 보며 말했다.

"그리고 우리도 정보를 더 받아서 돌아가려면 그게 유리하겠지."

악마 사냥

"역시 오 검사님이시군요. 저희는 못해도 일주일은 걸릴 거라 생각했는데."

검찰과 경찰에게 적대적인 문화의 특성상 그걸 알아내는 게 어려울 거라 생각했던 플린 요원은 오광훈이 건네준 정보에 눈을 반짝거렸다.

"악마 숭배자들에 대한 추적은 어떻게 되어 가고 있습니까?"

노형진은 혹시나 해서 물었다.

다른 사람들이 정보를 가지고 오지 않았을까 해서 말이다.

하지만 플린 요원은 고개를 흔들었다.

"애석하게도 정보가 없습니다. 이 지역은 외부에 대해 너무 배타적입니다."

신분을 감춰도, 외부인이라는 것만으로도 대화도 하지 않으려고 한다는 것이다.

"흑인 요원을 투입해 보시지요."

"이미 해 봤습니다. 하지만 그래도 말을 안 해 주네요."

우연이었지만 학생들을 공략한 것은 생각보다 효과가 있었던 것이다.

물론 처음부터 학생들을 공략했다면 입도 뻥긋 안 했겠지만, 티격태격하는 사이에 오광훈의 말대로 약간의 심리적 동질감이 생긴 것도 사실이다.

'헐, 일이 이렇게 되네?'

신기하다는 듯 오광훈을 바라보는 노형진.

"왜? 뭐? 내 얼굴에 뭐 묻었냐?"

"아니다."

자신을 물끄러미 바라보는 시선에 오광훈은 퉁명스럽게 대답했다.

"일단 그 나탈리 잉겔을 노리는 게 우선인 것 같네요. 아니면 데몬즈 멤버들을 노리든가."

플린 요원은 진지하게 말했다.

계획을 들은 노형진은 살짝 조언해 줬다.

"아마도 나탈리 잉겔을 노리는 게 맞을 겁니다."

"다른 데몬즈 멤버들은요?"

"제가 봤을 때 데몬즈의 멤버들이 모두 악마 숭배자는 아

닐 겁니다. 그러기에는 숫자가 너무 많아요. 대충 가능성이 있는 후보 정도 되지 않을까 싶습니다만."

"후보요?"

"네. 데몬즈에서 이 지역의 갱단에 멤버를 공급하는 역할을 한다면 한두 명으로는 안 되지 않습니까?"

"아하!"

기껏해야 한두 명이 들어가 봐야 갱단 내부에서 문제를 일으키거나 세력을 집어삼킬 수는 없다.

"자신도 모르게 지원 세력이 된다 이거군요."

"제 추측은 그렇습니다."

"흠……."

노형진의 말에 플린 요원은 고개를 끄덕거렸다.

"나탈리 잉겔에 대한 감시를 확실하게 하도록 하지요."

"소피 베리는 어떤가요? 특이 사항이 있습니까?"

고개를 흔드는 플린 요원.

"전혀 없습니다."

"의심하고 있는 걸까요?"

그럴지도 모른다.

노형진이 본 소피 베리는 극도로 안전성을 추구하고 실수하려고 하지 않는 타입이다.

'그렇다면 나탈리 잉겔이 적당한 표적이겠지.'

소피 베리는 의심을 받는다고 확신하고 몸을 사릴 수도 있다.

하지만 나탈리 잉겔은 어린 나이이다.

그런 어린 나이의 아이는 경험이 부족하고 실수를 하기 마련이다.

“일단 나탈리 잉겔을 조심해서 감시해 보세요.”

그렇게 얼마 지나지 않아서 제임스 버킨이 노형진을 찾아왔다.

“움직이시죠. 나탈리 잉겔이 움직이기 시작했습니다.”

“움직이기 시작했다니요?”

“나탈리 잉겔에게 차가 있더군요.”

“차가 있다고요?”

노형진은 의심스럽다는 표정이 되었다.

물론 미국에서 고등학생이 차를 끌고 다니는 게 이상한 것은 아니다.

미국에서 운전면허 자격은 만 16세부터 시작이니까.

하지만 슬럼가에 사는 사람이 고등학생 자녀에게 차를 사 줄 정도의 재력이 있다고 볼 수는 없었다.

“정확하게는 그 아이의 차는 아닙니다. 타인 명의로 되어 있더군요. 이 지역 갱단원의 소유로 등록되어 있습니다만, 운전은 나탈리 잉겔이 하는 걸 확인했습니다.”

역시 FBI라고 해야 할까? 표적이 정해지자 엄청나게 빠르게 정보를 모아서 왔다.

"설마 차를 가지고 있다는 사실만으로 저를 찾아오신 건 아닐 테고요."

"실종자가 나왔습니다."

"실종자요?"

"그렇습니다. 이틀 전에 한 사람이 사라졌습니다."

노형진과 오광훈의 조언에 따라 제임스 버킨은 이 지역의 실종자 신고에 대해 계속 감시하고 있었다.

그리고 그 와중에 실제로 실종자가 나타난 것이다.

"폭력배인가요?"

"그건 아닙니다. 마약중독자입니다."

"마약중독자요?"

마약중독자는 그다지 신고가 들어오지 않는다.

애초에 인생 자체가 글러 먹은 경우가 대부분인 데다가 가족들과도 선을 긋고 살아가기 때문이다.

"누가 신고한 겁니까?"

"집주인입니다. 밀린 방세를 받으러 갔는데 도망갔다고 하더군요."

"아."

쉽게 말해서 진짜 걱정되어서가 아니라 잡아서 월세를 받아 내기 위해 신고한 것이었다.

"집주인도 그다지 신경 쓰지는 않는 모양입니다만. 한두 건이 아니라고 하니까요."

마약중독자들은 방세를 낼 돈이 있으면 당연히 그걸로 마약을 사서 하려고 한다.

이 동네에는 그런 마약중독자들이 한두 명이 아닐 테니까.

하지만 집중적으로 상황을 살피던 FBI에게는 의심스러운 상황일 수밖에 없었다.

"그러고 나서 나탈리 잉겔을 감시하던 쪽에서 이런 내용이 나왔습니다."

미리 준비한 화면을 보여 주는 제임스 버킨.

망원렌즈로 찍은 듯한 핸드폰의 화면이 보였다.

그 안에 보이는 핸드폰에는 이런 내용이 적혀 있었다.

—행사 준비가 끝났다. 12일에 보자.

"오늘이네요?"

"그렇습니다."

자신을 감시하는 줄 몰랐던 나탈리 잉겔이 창가에서 핸드폰을 확인한 것 것이다.

그리고 그걸 망원렌즈로 찍은 거고.

"왜 오늘인지는 모르겠습니다만, 일단 오늘 이들이 뭔가를 할 가능성이 높아 보입니다."

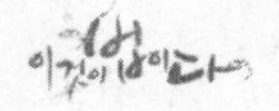

"오늘이라……."

노형진은 날짜를 확인하다가 뭔가 생각난 듯 자신의 핸드폰을 확인했다.

"오늘이 보름이군요."

"보름?"

"한국식의 표현입니다. 만월이라고 표현하면 이해하시려나요?"

"아! 만월!"

"그렇습니다. 동서양을 막론하고 달은 신비한 힘이 있다고 알려져 있지요."

특히나 만월은 마법적 힘이 있다고 많이 이야기한다.

"그러면 이놈들이 만월에 제물을 바치는 건가요?"

"그럴 가능성이 높지요."

"큰일이군요."

그 말은 최소한 한 달에 한 번은 제물을 바쳐 왔다는 의미다.

그때 오광훈이 기대에 찬 눈빛으로 말했다.

"그러면 나탈리 잉겔을 따라가서 일망타진할 수 있지 않을까?"

"그건 가능할지도 모르지만, 문제는 쉽지 않을 거라는 거야."

그들이 사람이 많은 데서 뭔가를 하지는 않을 테니 당연히 추적하다 보면 감시에 걸릴 수밖에 없다.

"그렇게 되면 다들 흩어지거나 도망가겠지."

그 말을 들은 제임스 버킨은 자신 있게 말했다.

"이번에는 절대 도망 못 갑니다."

⚖

"헬기라……. 역시 미국답다고 해야 하나요?"

추적 방법은 간단했다.

헬기를 이용해서 추적하는 것.

대낮에 그런 짓을 하지는 않을 테니 당연히 밤을 이용할 테고, 밤에 항공등을 끄고 헬기가 따라간다면 자신이 추적당하는 걸 알 수는 없다.

물론 저공으로 따라간다면 헬기의 바람 소리 때문에 알겠지만 상당한 높이에서 야시경 카메라를 이용해서 추적하면 알 방법이 없었다.

더군다나 바로 위도 아니고 차량에 추적 장치를 붙여서 따라간다면 말이다.

"나탈리 잉겔이 움직이기 시작했습니다."

차량을 몰고 나간 나탈리 잉겔은 주변을 돌면서 몇몇 사람들을 차에 태웠다.

그걸 보면서 제임스 버킨은 이를 빠드득 갈았다.

"상황을 봐서는 저놈들이 악마 숭배자겠군요."

"그럴 겁니다."

다 같이 차량으로 움직이는 놈들.

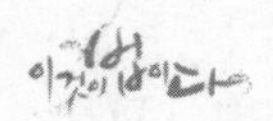

그들을 추적하는 것은 헬기의 책임이었다.

그리고 FBI가 추적 장치까지 달아 놨는데 그들을 놓칠 이유는 없었다.

그들은 마을을 벗어나서 점점 외곽으로 나갔는데, 도시에서 무려 네 시간이나 달려야 하는 곳이었다.

"아무것도 없는 숲인데?"

헬기를 이용해서 내려다보는 공간은 아무것도 없는 숲이었다.

"그러니까 뭔가 숨기기 딱 좋지. 더군다나 마을에서 무려 네 시간 거리야. 이런 곳에 누가 있겠어?"

아무도 없는 숲속. 그런 곳이기에 그들이 모이기는 제일 좋았을 것이다.

"차량들이 모이는군요."

야시경으로 보이는 차량들.

아무것도 없는 도로에 한두 대씩 모이기 시작한 차량들은 어느 사이엔가 길게 늘어서서 숲 안으로 들어갔다.

"우리도 움직이지요."

"가는 길에는 감시자가 없을까요?"

"다행히 없네요."

혹시 몰라서 열화상 카메라까지 이용해서 가는 길을 확인했지만 길목에 감시자는 없었다.

물론 입구에는 감시자가 있었지만 안으로 밀고 들어가려

면 어차피 발각될 수밖에 없는 위치였다.

"후우."

노형진은 떨떠름한 표정으로 자신의 손에 들린 무기를 바라보았다.

그리고 오광훈 역시 자신의 손에 들린 무기를 바라보고 있었다.

"원하시면 안 가셔도 되기는 합니다만."

"뭐, 앞에서 싸우는 것도 아닌데 뭔 일 있겠습니까?"

한국에서는 이런 사태에 기껏해야 권총이겠지만 이들에게 지급된 것은 소총이었다.

주변의 경찰들도 상당한 무장을 하고 있었다.

권총은 기본이요, 스와트 팀은 강철 방패도 들고 있었고 모두 방탄복에 방탄모까지 갖추고 있었다.

"교전은 피할 수 없을 겁니다."

제임스 버킨은 씁쓸하게 말했다.

"칼 구스타프 때도 설득해서 투항시키려고 했지요. 하지만 항복하는 놈은 하나도 없었어요."

"잡히면 사형인 걸 뻔히 아는데 누가 항복하겠습니까?"

답이 정해진 파멸. 그걸 알면서 항복할 사람은 없다.

"아마 이번에도 마찬가지일 겁니다."

얼마나 죽을지 알 수는 없다.

그러나 확실한 것은 어마어마한 숫자의 사망자가 나올 거라는 거다.

"그나저나 이렇게 저희를 도와주셨으니 한국으로 간 놈에 대한 정보를 좀 얻을 수 있으면 좋겠는데요."

제임스 버킨의 말에 노형진은 고개를 끄덕거렸다.

그리고 출발하는 차량들.

헬기에서 계속 들어오는 보고에 따르면 그들은 모닥불을 피우고 뭔가를 준비하기 시작했다고 했다.

그리고 카메라에 찍혀서 날아온 화면은 노형진이 기억에서 본 그대로의 모습이었다.

"소피 베리는요?"

"집에 있답니다. 눈치가 빠르네요."

그녀는 자신이 의심받고 있다고 생각한 건지 아주 천연덕스럽게 집에서 쉬고 있다고 한다.

"그쪽도 병력은 준비하셨겠지요?"

"네."

"그러면 움직여 보지요."

천천히 움직이는 차량.

그들이 갔던 길을 그대로 따라 움직인 차량은 한 시간 정도의 차이를 두고 현장에 거의 근접했다.

-그들이 피해자를 끌어냈습니다. 세 명입니다. 다시 말합니다. 세 명입니다. 우리가 모르는 실종자가 있었습니다.

거의 도착한 상황.

그런데 일이 다급하게 돌아가기 시작했다.

"젠장!"

제임스 버킨은 이를 악물었다.

어떻게 해서든 그들을 구해야 한다.

어차피 교전을 상정한 상황이니 답은 나와 있었다.

"강제 돌입해!"

그 말과 동시에 선두에 있던 스와트 팀 차량이 급가속했다.

그리고 들리는 총소리.

탕! 탕! 탕!

깊은 숲에서 총소리가 울리자 안쪽에 있던 악마 숭배자들이 다급하게 어디론가 뛰어가기 시작했다.

–안쪽에서 사람이 나오기 시작했습니다. 숫자가 생각보다 많습니다. 거의 이백 명입니다. 다시 말합니다. 숫자 이백 명.

"뭐? 이백 명?"

오광훈의 눈이 있는 대로 커졌다.

이쪽은 스와트 팀까지 다 합해도 채 백 명이 안 된다.

그런데 저쪽은 이백 명이라고?

헬기도 상황이 급변하자 당혹스러운 듯했다.

아무리 야시경에 열화상 카메라라고 해도 깊은 숲에 있던 사람들까지 모두 발견할 수는 없었던 모양이다.

–무장하고 있습니다. 전원 무장.

그들은 다급하게 나와서 무차별적으로 총격을 가하기 시

작했다.

"젠장."

스와트는 차량에서 나와서 강철 방패로 몸을 가리고 반격을 시작했다.

"역시 괜히 왔나."

혹시나 한국에 있는 악마 숭배자의 자료가 있을까, 그리고 그걸 저놈들이 불태우거나 없애 버리지 않을까 하는 걱정에 이곳까지 따라온 노형진은 뒤쪽에서 몸을 숨기며 자신의 선택을 후회했다.

"아, 망할 미국. 이 꼴을 당하면서 뭔 총기 자유국이야."

오광훈 역시 몸을 감추고 툴툴거렸다.

그나마 다행인 것은 자신들은 후방에 있고 그들 사이에는 나무가 울창하기에 몸을 숨기고 있으면 딱히 위험한 일은 없을 거라는 것이었다.

탕! 탕! 탕!

"으아아악!"

"내 다리!"

"내 팔…… 내 파아아알!"

앞에서 들려오는 비명과 총소리.

그에 반해 뒤쪽은 분위기는 좋지 않았지만 조용했다.

"이백 명이라니. 도대체 어떻게 그렇게 많이 쌓인 거죠?"

"수십 년 동안 활동했다면 충분히 그 정도 숫자는 모을 수 있었을 겁니다."

노형진은 나무둥치에 몸을 숨긴 채 플린 요원과 이야기를 나눴다.

제임스 버킨은 현장을 수습하느라고 정신이 없었다.

"설마 악마 숭배자들이 더 있을까요?"

"그건 알 수 없지요. 이번에는 한국에서 걸리면서 드러난 거지만 미국이라고 모든 사람들을 다 관리할 수는 없으니까요."

미국이 아무리 광범위한 감시 시스템을 만들고 있어도 외부 테러리스트도 아닌 내부의 민간인을 감시하는 것은 한계가 있다.

더군다나 미국은 과거에 대통령이 민간인 사찰과 관련해서 탄핵되었을 정도로 개인의 자유를 어마어마하게 중요하게 생각한다.

"위험하지는 않겠지요?"

오광훈의 질문에 플린 요원은 고개를 흔들었다.

"그럴 가능성은 없습니다."

저들이 무장하고 있다지만 대부분은 권총이었다.

그에 반해 이쪽은 소총으로 무장하고 강철 방패까지 가지고 있는 상황.

"훈련도에서도 차이가 나니까요."

비록 숫자에서 밀린다지만 그래도 저들을 제압하지 못할 거라고는 생각도 하지 않았다.

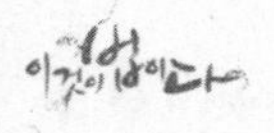

"하지만 씁쓸하네요. 항복하면 좋은데."

"그러면 좋겠지만 과연 그럴지."

노형진은 그렇게 말하면서 총격전이 벌어지는 쪽을 바라보았다.

"역시 그건 무리겠지요?"

"그동안의 행동을 보면 그럴 가능성은 그다지…… 커헉!"

그 순간 플린이 가슴을 부여잡으면서 천천히 쓰러졌다.

노형진에게는 마치 슬로모션처럼 보이는 광경이었다.

그리고 그와 동시에 이쪽으로 총알이 날아들었다.

"피해라!"

"기습이다!"

후방에서 대기하고 있던 요원들은 총알이 날아오는 쪽을 향해 다급하게 반격하면서 몸을 피했다.

탕! 타탕!

앞쪽에서 들리던 총소리와는 다른 총소리가 후방에서 들리고 있었다.

"플린 요원!"

오광훈은 바닥에 쓰러진 플린에게 기어가서는 그의 뒷목을 잡고 질질 끌어서 쓰러진 나무의 뒤쪽으로 끌고 들어왔다.

"끄으으."

기절한 상태에서 신음하는 플린.

"총 맞은 거야? 어디를 맞은 거야?"

다급하게 그의 몸을 살피는 오광훈.

하지만 다행히 피는 보이지 않았다.

"진정해. 충격으로 기절한 것뿐이야."

"충격으로 기절한 거라고?"

"방탄조끼라고 해서 완벽하게 총알을 막아 주는 건 아니니까."

그나마 두꺼운 건 그 충격량을 다 막아 주지만, 일반적으로 경찰이 쓰는 방탄조끼는 그런 군용과 다르게 좀 얇은 편이다.

"권총탄 정도는 막지만 소총은 못 막아."

권총탄과 소총탄은 충격 자체가 다르다. 물론 아예 없는 것보다는 낫지만 말이다.

"그걸 맞고 기절한 거야."

권총탄과 다르게 연발로 날아오는 총알들.

명백하게 다른 총성.

요원들은 다급하게 그쪽으로 반격했지만 보이는 건 아무것도 없었다.

"어떻게 된 거야? 다른 놈들이 있었다고?"

"하지만 안 보였는데?"

경찰들은 반격하면서도 사태를 판단하기 위해 노력했고, 얼마 지나지 않아서 정보가 알려졌다.

-뒤쪽에 다수의 병력이 나타났다. 다시 말한다. 뒤쪽에 다수의 병력 발견. 그 숫자는 이백 명.

"이백?"

앞쪽에 이백, 그리고 뒤쪽에도 이백이라고?

"아무리 그래도 악마 숭배자들의 숫자가 이렇게 많다고?"

그 부분이 이해가 가지 않았으나, 그들의 정체는 금방 드러났다.

-갱단으로 추정된다.

"젠장."

과거에 갱단에 들어간 데몬즈의 멤버가 현재 제법 상위직을 차지하고 있을 거라고 생각하기는 했다.

하지만 설마 그들이 공격할 거라고는 상상도 못 했다.

"어떻게 안 거야? 정보가 샌 건가?"

"모르지. 중요한 건 저들이 이쪽을 살려 보낼 생각이 없다는 거야."

연신 날아오는 총알.

절대적으로 숫자가 부족한 상황에서 이쪽은 이를 악물 수밖에 없었다.

이쪽이 공격당한다는 걸 알고 일부 전방의 스와트가 달려오기는 했지만, 그만큼 앞쪽에 있는 악마 숭배자들 역시 지원군이 왔다는 사실에 용기백배한 건지 더더욱 공격적인 모습을 보여 주고 있었다.

"지원 불러! 지원!"

"지원이라고 해 봐야……."

도시에서 무려 네 시간 거리다.

그 시간 동안 버틸 수 있을 리가 없다.

보다 못한 헬기에서 결국 아래쪽으로 사격을 가하기 시작했지만, 전투용 헬기도 아닌 경찰용 헬기에 제대로 된 공대지 무기가 있을 리가 없었다.

당연히 기껏해야 아래를 향해 문을 열고 총을 쏘는 정도였고, 그나마도 나무에 가려진 상황이기에 제대로 노리고 쏘는 것도 아니었다.

"어떻게 된 겁니까?"

나무가 팍팍 튀는 걸 보면서 다급하게 달려온 제임스 버킨은 플린의 상태를 확인하고는 다급하게 물었다.

다행히 이쪽에 방어물이 많기에 적들도 섣불리 돌격하지 못해서 버틸 수 있었지만, 계속 이렇게 싸울 수는 없었다.

"우리가 함정에 빠진 것 같습니다."

"함정이라고요?"

"소피 베리가 칼 구스타프를 가르친 놈이라고 의심되지 않습니까?"

"그건 그렇습니다만…… 아!"

칼 구스타프도 딱 지금 같은 상황이었다.

스와트 팀이 방패를 앞세우고 밀고 들어오자 저항하다가 결국 사살되고 말았다.

"그걸 알고 있다면 자신이 의심받고 있다는 걸 깨닫게 된 순간부터 뭐든 하려고 했을 겁니다."

그건 반격일 테고, 습격의 기회는 오로지 이들이 모일 때 뿐이라는 것도 알았을 것이다.

"설마?"

"아마도 갱단을 이 주변에 미리 대기시킨 모양입니다."

노형진은 튀어 나가는 나무 파편을 피해서 몸을 최대한 움츠리며 말했다.

"젠장."

악마 숭배자들이 얼마나 머리가 좋은지 잊어버리고 있었던 제임스 버킨은 이를 악물었다.

"본부에 지원을 요청했습니다. 조만간 지원 병력이 올 겁니다."

제임스 버킨은 우울한 목소리로 말했다.

그도 아는 것이다.

무려 네 시간이나 떨어진 곳. 지원이 아무리 빨리 온다고 해도 그때까지 버틸 능력이 없다.

실력에서는 뛰어날지 모르지만 이쪽은 총알이 충분하지 않다.

이렇게 대단위 포위를 당할 줄은 몰랐으니까.

"젠장! 죽어라, 이 새끼들아!"

오광훈이 몸을 내밀면서 총알을 갈겼다.

하지만 어둠 속으로 날아간 총알이 적을 맞혔는지는 알 수가 없다.

"총알 아껴! 지금부터는 버텨야 해!"

"씨발, 내가 그냥은 안 죽어. 죽더라도 열 명쯤은 길동무로 데리고 간다."

"제발 그럴 수 있으면 좋겠다."

그나마 다행인 것은, 저쪽은 군인이 아닌지라 저쪽도 죽을까 봐 조준 사격이 아니라 그냥 나무 뒤에서 총만 내밀고 반격하는 수준이라는 것이다.

하긴 이렇게 컴컴한 숲에서 조준 사격하는 것도 불가능할 것이다.

"헬기로 병력을 수송하면 안 되는 거야?"

차로 네 시간이라지만 헬기로는 20분 정도면 올 수 있는 거리.

"아무리 그래도 충분한 병력을 수송할 정도의 헬기는 없습니다."

경찰이 가진 헬기는 숫자가 한정되어 있다.

그나마 한 대는 이미 여기에 있고.

"더군다나 여기는 착륙할 만한 곳이 없어요."

착륙이 가능한 위치는 여기서 걸어서 40분 거리다.

즉, 설혹 헬기를 타고 온다 해도 40분 거리를 죽어라 뛰어와야 한다는 거다.

"레펠은 불가능합니까?"

"스와트 팀이 다 여기에 와 있습니다."

즉, 뒤에 남아 있는 사람들은 모두 일반 경찰이니 레펠 같은 건 턱도 없는 방법이라는 거다.

"빌어먹을."

노형진은 이를 악물었다.

이건 자신의 능력으로 해결할 수 없는 문제였으니까.

"미안합니다."

마음의 준비를 한 듯 자신의 총을 꽉 쥐는 제임스 버킨.

"씨발, 한 놈이라도 더 죽여서 길동무로 끌고 가고야 만다. 모조리 지옥의 유황불에 처넣어 주마."

오광훈은 이를 악물고 말했다.

그 순간 노형진은 좋은 생각이 번쩍 들었다.

"불!"

"네?"

"불을 쓰면 되는 거 아닙니까?"

"그게 무슨 말입니까?"

"저놈들을 제압하려면 지역 공격이 적당하지 않겠습니까?"

"폭격이라도 하자는 겁니까? 하지만 이 근처에는 부대가 없습니다."

폭격을 하려면 헬기든 전투기든 있어야 하는데, 그런 게 있을 리가 없다.

"우리한테는 헬기가 있지 않습니까?"

"경찰에는 폭탄이 없습니다."

"그게 아니라 기름을 쓰자는 겁니다."

"기름요?"

"네. 어차피 중요한 건 저들이 이쪽으로 접근하지 못하게 하는 것 아닙니까."

"아!"

이곳은 숲이다.

기름을 뿌리고 불을 지른다면 어마어마한 속도로 주변이 불탈 것이다.

"화재가 나겠지만……."

그래도 자기들이 다 죽는 것보다는 낫다.

더군다나 화재가 날 걸 알고 소방관들과 소방 헬기가 미리 출발한다면 피해가 너무 커지기 전에 진압할 수 있다.

"주유소!"

오는 길에 주유소가 하나 있었는데, 헬기로 3분 이내에 갈 수 있는 거리다.

거기다 그곳에서는 기름통도 충분히 판다.

처음에는 헬기가 가서 담아 오는 게 힘들겠지만 왕복하는 사이에 누군가 남아서 담아 둔다면 빠르게 폭격 비스무리하게라도 써먹을 수 있을 것이다.

"유일한 방법인 것 같군요."

제임스 버킨은 결심한 듯 무전기를 잡고 작전을 설명했다.

잠시 후, 허공에서 절망적으로 총질하던 헬기는 다급하게 방향을 바꿔서 주유소가 있는 곳으로 전속력으로 날아갔다.

"얼마나 걸릴지 모르지만 버티는 수밖에 없군요."

노형은 자신의 총을 잡고 심호흡했다.

"이놈의 총질은 진짜 하고 싶지 않았는데."

그리고 잽싸게 움직이면서 어둠 속에서 보이는 빛을 향해 총을 발사했다.

"아악!"

누군가 총에 맞았는지 비명을 질렀다.

그나마 다행인 것은, 저들은 군인이 아닌지라 길 찾겠다고 손전등을 들고 휘두르고 있었다는 것이다.

어둠 속에서 손전등을 들고 있다는 건 '나 여기 있습니다. 쏴 주세요.'라고 하는 꼴이나 마찬가지.

"손전등 버려!"

"손전등 버리라고!"

그렇게 몇몇이 총에 맞고 쓰러지고 나서야 손전등 불빛이 사라졌고, 그렇게 양측의 대치가 시작되었다.

"악마 숭배자 놈들에 대한 공격은 어떻습니까?"

"방어야 문제가 없지만 공격은 힘듭니다."

이쪽에는 강철 방패가 있는 만큼 저쪽이 아무리 총을 쏴도 의미가 없다.

하지만 저쪽을 공격하기 위해서는 방패 밖으로 나가야 하는데 그런 경우 집중된 화력에 노출될 수밖에 없다.

저들이 가진 게 아무리 권총 위주라 해도 맞으면 사람이 죽는 건 똑같으니까.

“가능하면 빨리 와 주면 고맙겠는데.”

오광훈은 격한 총격전 끝에 비어 버린 탄창을 새롭게 갈면서 이를 빠드득 갈았다.

“가장 큰 문제는 총알의 부족이군요.”

저쪽은 모르지만 이쪽은 총알이 부족하다.

차량에는 예비 총알이 좀 있지만 그것도 넉넉한 것은 아니었고, 결정적으로 차량이 주차된 방향은 드러나 있어서 그쪽으로 가기 위해서는 저들의 공격을 감수해야 했다.

“예비 탄창 없어?”

“이게 마지막 탄창이야.”

오광훈은 자신의 손에 들려 있는 탄창을 흔들며 말했다.

“아, 전투 끝나고 탄피 주워야 합니까?”

“네? 아니, 왜 그런 쓸데없는 짓을?”

분위기를 바꿔 보겠다고 오광훈이 질문을 던졌지만 제임스 버킨은 그게 뭔 짓인가 하는 표정이었다.

“그 농담은 한국에서나 먹히지 여기서는 안 먹힌다.”

“아, 그런가?”

“그래.”

노형진은 자신에게 남은 탄창을 확인하고는 입술을 깨물

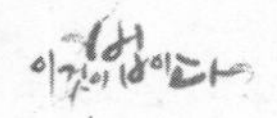

었다.

자신도 총에 하나 그리고 예비로 두 개밖에 없었다.

'그렇다고 스와트에서 빌려 올 수도 없고.'

스와트 팀에야 예비 탄창이 더 있겠지만 대신에 저들은 더 많은 숫자의 적들과 대치하고 있다.

그런 상황에서 그들의 탄창을 빌려 올 수는 없는 노릇.

"저들이 쉽게 접근해 주지 않는 게 다행이기는 한데."

노형진이 그렇게 입술을 깨무는 그때 허공에서 갑자기 라이트가 내려왔다.

"헬기다!"

주유소로 갔던 헬기가 이제야 돌아온 것이다.

헬기는 아래쪽을 확인하기 위해 라이트를 켠 것이었다.

"쏴라!"

"막아!"

헬기가 돌아오자 당연히 갱단에서는 그들을 막기 위해 헬기에 대고 무차별적으로 총질을 하기 시작했다.

그런 그들에게로 헬기에서 뭔가가 떨어져 내렸다.

"아아악!"

퍽 소리는 들리지 않았다.

하지만 뚜껑이 열려 있는 휘발유통이었고, 이미 불이 붙어 있었다.

당연히 그걸 뒤집어쓴 갱단은 몸부림을 치면서 불길을 끄려고 바닥을 굴렀다.

"비켜!"

"아아악!"

하지만 그건 잘못된 선택이었다.

이미 바닥에는 흥건하게 휘발유가 퍼지고 있는 상태.

당연히 그의 온몸은 활활 타오르기 시작했다.

"끄아아악! 살려 줘!"

비명이 울려 퍼졌지만 누구도 그를 살려 주지 못했다.

도리어 사방으로 도망치기 바빴다.

"비켜! 도망쳐!"

"불이다!"

주유소에 있던 기름통을 싹 쓸어 온 건지, 연신 떨어지는 불이 붙은 기름통.

갱단이 몰려오던 방향은 순식간에 불로 가득 차 버렸다.

"일단 이쪽은 막은 것 같은데."

몰려들던 방향이 불길로 가득 차자 갱단은 다급하게 도망가기 시작했다.

좀 전과는 상황이 완전히 달라져 버린 것이다.

아까는 호기롭게 헬기를 향해 총을 쏘기도 했지만 이제는 그랬다가는 불벼락을 뒤집어쓸 상황이 되어 버렸다.

"헬기에 이야기해서 도주로를 막으라고 하세요."

"네?"

노형진의 말에 제임스 버킨은 어리둥절한 표정으로 되물었다.

"도주로를 막으라고요?"

"저들을 소탕하면 라이센트빌의 상황이 달라질 겁니다."

"아!"

저들은 라이센트빌의 갱단이다.

그리고 이백 명 정도라면 대다수의 갱단들이 몰려왔다고 봐도 무방하다.

설사 아니라고 해도, 경찰에게 총질을 한 이상 라이센트빌의 갱단에 대한 소탕 작전이 시작될 수밖에 없다.

"지역사회가 달라질 수도 있겠군요. 하지만 숫자가……."

헬기는 한 대뿐이고 그들은 접근하는 갱단을 막기 위해 모든 기름을 다 쓴 듯 이제 주변을 돌아다니면서 엄호사격을 하고 있었다.

하지만 기름이 떨어졌다는 걸 모르는 갱단은 너도나도 헬기를 피하느라 정신이 없었다.

"그들만 있는 건 아니죠."

노형진은 먼 하늘을 손가락으로 가리켰다.

그곳에 몰려오는 헬기들의 빛이 보였다.

"드디어 도착한 모양이군요."

도시에 있는 헬기를 닥닥 긁어 온 건지 무려 여섯 대의 헬기가 추가로 도착했고, 그들도 기름을 뿌리기 시작하자 갱단은 순식간에 무너져 갔다.

일부는 차량을 타고 도주하려고 했지만, 경찰 헬기 한 대가 선두에 있는 차량들에 불을 붙이는 바람에 차량들이 꼼짝도 할 수가 없는 상태가 되어 버렸다.

"망할 놈들, 뒈져라!"

간간이 저항하는 놈들도 있었지만 이제는 상황이 바뀌었다.

저들 주변에는 불이 활활 타오르면서 갱단의 모습을 보여주고 있었기에 경찰과 FBI는 조준 사격을 할 수 있었다.

갱단은 숨자니 불에 타 죽고, 나가자니 총에 맞아 죽는 상황이 되어 버린 것이다.

"투항하라! 투항하면 목숨만은 살려 준다! 투항하는 놈은 무기를 버리고 이쪽으로 넘어와!"

제임스 버킨의 고함 소리에 몇몇 갱단들이 서둘러서 투항했고, 그걸 시작으로 너도나도 항복하기 시작했다.

공중을 제압당한 상황에서 더 이상 싸우는 건 의미가 없었으니까.

"우리도 저 앞으로 가도록 하지요."

갱단이 어느 정도 항복하고 나자 전방의 악마 숭배자들에게로 날아가는 헬기들.

악마 숭배자들은 갱단에 무슨 일이 벌어졌는지 봤기에 총질을 하면서 발악했지만 그런다고 해서 헬기가 떨어질 리가 없었다.

"피해라!"
"불이야!"
"꺼 줘! 불 좀 꺼 줘!"
불이 그들을 에워싸기 시작하자 그들이 도망갈 곳이라고는 단 한 곳, 스와트 팀이 막은 곳뿐이었다.
"아아악!"
불이라는 것은 공포의 대상이다.
총알은 맞아도 운이 좋으면 살아남을 수 있지만 활활 타오르는 불은 뒤집어쓰면 죽는다.
당연히 인간은 불에 대한 공포심을 가지고 있다.
더군다나 가장 고통스러운 죽음이 산 채로 불에 타 죽는 것 아닌가?
"으아아아!"
그리고 그러한 공포심은 노형진이 생각하지도 못한 효과를 발휘했다.
"항복……."
스와트 팀으로 달려오면서 고래고래 소리를 지르는 일부 사람들.
타 죽기는 싫었기에 일단 살려고 한 것이다.
그러나 그런 그들의 뒤통수에 총알이 틀어박혔다.
"배신자들은 모조리 죽는다! 우리는 여기서 목숨을 악마에게 바친다!"

몇몇 극렬 숭배자들이 그들을 죽여 버린 것이다.

그러한 행동으로 인해 상황이 달라졌다.

"너 혼자 죽어, 이 새끼들아!"

불에 타 죽을 수는 없다는 생각에, 옆에 있던 다른 숭배자가 총을 쏜 숭배자의 머리를 날려 버렸다.

이후 그는 바로 다른 숭배자가 쏜 총에 가슴을 부여잡고 쓰러졌다.

"죽여!"

"악마에게 목숨을 바쳐!"

"난 살아야겠어!"

자기들끼리 총격전이 벌어지고, 그 총격전은 심각한 피해를 불러왔다.

아군이었기에 근접해 있었고 마땅한 방어 도구조차 없었으니까.

"이 무슨…… 지옥 같은 광경이란 말인가."

"아악!"

제임스 버킨은 그걸 보고 입을 쩍 벌렸다.

불타오르는 숲. 그 안에서 서로에게 총질하는 인간들.

총에 맞은 인간들과 그들에게서 쏟아져 나오는 피.

그 모든 게 이곳을 마치 지옥처럼 만들고 있었다.

아마도 악마가 진짜로 있다면 흡족한 마음으로 박수를 보냈으리라.

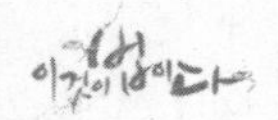

타탕!

결국 마지막 승리자는 항복하는 이들이었다.

애초부터 그들의 숫자가 많았던 데다가 먼저 공격한 것은 그들이었기 때문이다.

끝까지 싸우자는 입장에서는 저들이 적인지 아군인지 판단할 수가 없었기에 주저할 수밖에 없었지만, 항복하자는 쪽은 잔존하자는 자들을 향해 주저 없이 총을 쐈기에 애초부터 숫자가 많이 차이 날 수밖에 없었다.

"항복, 항복하겠습니다."

대혼란의 현장.

그곳에서 살아서 손들고 나온 것은 오로지 스물네 명뿐이었다.

나머지는 죽든가 아니면 바닥에서 불타오르며 비명을 지르고 있었다.

"제압해! 어서! 그리고 불 꺼!"

다급하게 몇몇은 차량에 가서 소화기를 가져다가 불을 끄기 시작했고, 때마침 날아온 소방 헬기가 사방에 엄청난 물을 뿌려 댔다.

다행히 불이 붙기 시작한 지 얼마 되지 않았기 때문에 불길은 순식간에 잡혔고, 노형진은 그 불타 버린 숲을 가로질러서 교단의 사람들이 있는 곳으로 향했다.

"으아아악!"

"살려 줘! 제발 살려 줘!"

사람을 제물로 바쳤던 그들은 자신이 죽을 처지가 되자 살려 달라고 비명을 빽빽 지르고 있었고, 여력이 있는 사람들은 그들을 응급처치 하느라고 정신이 없었다.

"씨발 새끼들. 모조리 불에 타 죽었으면 좋겠네."

"어? 너 머리 피난다?"

피를 철철 흘리면서 다가오는 오광훈을 보고 노형진은 기겁했다.

"아, 별거 아니야. 살짝 찢어진 거야."

"총알이 스친 거야?"

"그런가 봐."

눈먼 총알이 그의 머리를 살짝 스친 모양인지 오광훈의 이마에서는 피가 흐르고 있었다.

"그런데 뭐, 지금 내가 급한 상황은 아니잖아?"

그는 지나가던 요원이 던져 준 붕대로 지혈하면서 말했다.

사실 오광훈의 말이 맞기는 했다.

그는 지혈만 하면 되는 상태였지만 온 사방에서 총에 맞아 살려 달라는 자들의 비명이 가득했으니까.

"여기는 아무것도 없겠는데."

숲을 확인한 노형진은 혀를 끌끌 찼다.

뒤쪽에 비밀 건물 같은 것이라도 있기를 바랐는데 그런 건 전혀 없었다.

그 말은 딱히 뭔가를 보관하거나 하던 장소는 아니라는 뜻이다.

"아무래도 계속 장소를 바꿔 가면서 제물을 바친 모양인데."

더군다나 여기는 역습에 최적화된 위치.

만일 노형진이 기지를 발휘하지 않았다면 이곳으로 출동한 경찰들은 모두 이 미친놈들에게 사살되었을 것이다.

"그러면 남은 건……."

노형진이 도시 쪽을 바라는 그때, 제임스 버킨이 똥 씹은 얼굴로 다가왔다.

"소피 베리가 도망갔습니다."

"네? 거기에도 사람을 배치하셨다면서요?"

당연히 일이 터지면 그녀의 신병을 가장 먼저 확보하기 위해서였다.

그런데 그런 그녀가 어떻게 도망간단 말인가?

그곳에 배치된 사람이 한두 명이 아니었을 텐데?

"스쿨버스 운전사가 악마 신봉자였나 봅니다."

"설마?"

"스쿨버스로 요원들이 타고 있던 차를 들이받았습니다."

"이런 미친!"

미국의 스쿨버스는 사실상 준장갑차 수준의 물건이다.

만에 하나 사고가 나도 아이들의 안전을 최대한 보장하기 위해 무식하게 튼튼하고 무식하게 강하게 만든다.

그래서 연비도 어마어마하게 안 좋다.
그래서 영화 탈출 신에서 스쿨버스를 쓰는 것이다.
그런 놈으로 대기 중인 차량을 들이받았다면 요원들이 멀쩡할 리가 없다.
"두 명이 사망하고 네 명이 다쳤습니다. 그사이에 소피 베리는 도주했고요. 스쿨버스 운전사는 사살되었습니다만……."
문제는 도주한 소피 베리를 추적할 방법이 없다는 거다.
이쪽 상황이 워낙 다급했던 탓에 모든 헬기가 여기로 와 있었으니까.
"소피 베리가 잡히지 않으면 이 모든 게 의미가 없습니다."
그 여자가 지도자라면 곧 다른 곳에서 또 다른 악마 숭배 집단을 만들 것이다.
"바로 그쪽으로 가 보죠. 어쩌면 어디로 갔을지 단서 같은 게 남아 있을지도 모르니까요."
노형진은 마음이 급해졌다.

⚖

헬기 착륙이 가능한 곳으로 간 노형진과 일행은 헬기를 타고 바로 현장으로 이동했다.
그리고 현장을 보면서 혀를 끌끌 찰 수밖에 없었다.
"아주 작심했네."

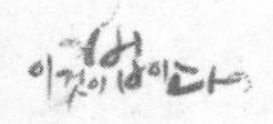

오광훈은 주변을 보면서 말했다.

피해를 입은 요원들은 그나마 병원으로 후송되었지만 현장은 아직 정리되지 않은 상태였다.

단순 교통사고가 아닌 범죄 현장이었기에 수사 팀이 증거를 보존하고 채집 중이었다.

"제대로 작심하고 밀어붙였군요."

차량을 반대편 집까지 밀어붙인 버스를 본 노형진은 한숨을 쉬고는 천천히 소피 베리의 집으로 향했다.

경찰이 막아섰지만 제임스 버킨이 신분증을 보여 주자 길을 터 줬다.

그렇게 안으로 들어온 제임스 버킨은 오광훈에게 다가왔다.

"오 검사님, 플린 요원이 깨어났답니다."

"아, 그래요? 다행이네요."

"덕분에 살았습니다. 쓰러진 플린 요원을 끌어내신 게 오 검사님이라면서요?"

"누구든 그랬을 겁니다."

"쉬운 일은 아니지요."

그렇게 대화하던 제임스 버킨은 앞장서서 노형진과 오광훈을 이끌었다.

"위쪽으로는 수사 중입니다만 딱히 볼 건 없습니다. 자신을 감추기 위해 이 위층에서는 철저하게 평범한 삶을 살아온 모양입니다."

"평범한 삶이라……."

노형진은 테이블에 놓여 있는 성경을 보면서 쓴웃음을 지었다.

아마도 주말에는 교회에도 나가고 기도도 하면서 주변 사람들에게는 아주 좋은 사람이라는 이미지를 남겼을 것이다.

"이리로 오시죠."

제임스 버킨은 그들을 데리고 지하로 내려갔다.

어디서나 볼 수 있는 전형적인 지하실이었다.

"별건 없어 보이는데요?"

"저희도 그렇게 생각했습니다만."

제임스 버킨은 구석에 있는 벽으로 가서 힘껏 밀었다.

그러자 시멘트 벽처럼 보이는 곳이 교묘하게 열리면서 지하로 내려가는 계단이 나타났다.

"철저하게 준비한 모양이군요."

"그렇습니다."

그렇게 아래로 내려가서 불을 켜자 지금까지 봐 온 것과는 너무나 다른 세상이 펼쳐졌다.

사방에 이상한 그림이 그려진 종이들과 악마들의 그림들이 붙어 있었다.

그리고 벽장에는 오래된 마법서처럼 보이는 것도 있었다.

"다행인지 불행인지, 현재 조사 팀에서는 소피 베리가 이 악마 숭배자들의 리더이자 이걸 만든 놈이라고 생각하고 있

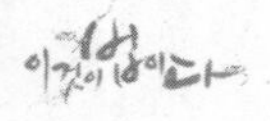

습니다.”

“그렇다면…….”

“그 외에 자료는 없습니까?”

“그게 문제입니다. 이곳에서 발견된 자료 중에서 가장 오래된 것은 1970년대 후반부에 만들어진 자료입니다.”

“1970년대 후반부요?”

“그렇습니다.”

노형진은 턱을 문질렀다.

이곳에 있는 대부분의 자료는 소피 베리가 직접 준비했을 가능성이 높다.

그렇다면 최소한 1970년대부터 악마 숭배자로서 활동했다는 의미다.

후반부라고 했으니 본격적으로 숭배하고 제물을 바치기 시작한 건 1980년쯤이라고 친다면…….

“한 번의 제사에 세 명의 제물을 바치는 게 규칙인 것 같더군요.”

“그러면 피해자가 천 명이 넘어가는군요.”

한 달에 세 명이고, 1년이면 서른여섯 명이다.

그것만 해도 30년 정도 대충 활동 기간을 잡으면 1천 명이 훌쩍 넘는다.

“제물을 제외하고 포섭을 위해 죽이거나 발각되어서 죽인 사람도 있다면 더더욱 늘어나겠지요.”

그런 놈들이 숨어서 사람을 제물로 바치는 동안 FBI가 몰랐다는 것은 심각한 문제였다.

"현재 소피 베리를 추적하기 위해 모든 공항과 도로를 봉쇄하고 검문 중입니다만 아직 잡히지 않았습니다."

"어디로 갔는지 특정할 만한 곳도 없나요?"

"없습니다. 그게 문제입니다."

대피 장소를 특정할 만한 아무 단서도 없다.

소피 베리가 주소를 써 둔 것도 아니고, 결혼도 안 했으며, 형제자매도 없고, 부모님도 돌아가셨다.

"재산이라고는 이 건물 하나뿐입니다."

"은행에서 돈은 찾았나요?"

"아니요. 그것도 손대지 않고 있습니다."

돈이 없으면 도피는 불가능하다.

그런데 돈도 안 가지고 갔다라…….

"다른 숭배자들에게 도움을 받을 생각인가 보군요."

"그래서 걱정입니다."

현장에서 이백 명이나 되는 숭배자들과 싸워서 그들을 제압했다.

물론 인명 피해도 심했다.

그럼에도 불구하고 여전히 그녀에게 도움을 줄 수 있는 다른 사람이 있다는 것은, 생각보다 그 수가 많다는 의미다.

"함정이었으니까요."

그러니 아마도 전투에 도움이 되는 자들 위주로만 보냈을 가능성이 높다.

"그러고 보니 대부분이 남자였지요?"

악마 숭배자들이 남자만 되는 건 아닐 텐데 남자 위주로 있었다는 건 결과적으로 제대로 함정을 팠다는 소리다.

"어디로 갔을지……."

"하지만 그걸로 확실해진 건 있네요."

"뭡니까?"

"어딘가에 명단이 있을 거라는 겁니다."

어딘가에 숨어 있는 놈들을 계속 관리하는 것은 쉬운 일이 아니다.

수백 명에 달하는 인원이고, 그들 중 일부는 칼 구스타프처럼 자신의 세력을 만들기 위해 나가기도 했다.

그런 자들로부터 계속 연락을 주고받고 신도 정보를 관리하기 위해서는 결국 명단은 필수적이다.

"그 명단을 찾을 수 있다면 한 번에 일망타진이 가능할 겁니다."

"하지만 그 명단이라는 게 여기에는 없습니다."

아무리 찾아봐도 그런 명단은 보이지 않았다.

이미 FBI와 과학수사 팀이 싹 뒤졌으니 여기에 없다는 건 확실하다.

"꼭 종이일 이유는 없지요."

"네?"

"여기에 있는 건 모두 기본적으로 종이입니다. 하지만 명단을 꼭 종이에 적어서 관리할 필요가 있나요?"

"아……."

사방에 쌓여 있는 종이들, 마법진들.

그걸 보면서 명단 역시 당연히 종이라고 생각했던 수사 팀.

하지만 그건 전혀 다른 문제다.

마법진이니 하는 건 결국 종이에 그려서 써먹어야 하는 것이지만 명단은 말 그대로 명단일 뿐이다.

"뭐, 핑계는 많지요. 자원봉사자 명단, 기부자 명단 등등을 이름만 살짝 바꿔서 가지고 있으면 되니까."

나중에 그게 걸린다 해도 그냥 기부자 명단이라고 하면 누가 뭐라고 하겠는가?

"가지고 갔을 가능성이 높군요."

"아마 그럴 겁니다. 더군다나 여기에는 노트북이나 데스크톱도 없으니까 더더욱 그런 가능성은 생각하기 힘들겠지요."

나이가 많은 노인들은 그런 물건보다 종이에 써서 관리하는 게 더 익숙하니까.

"하지만 제가 본 소피 베리의 핸드폰은 스마트폰이었습니다. 거기에 넣어서 관리해도 그만인 거죠."

컴퓨터를 쓸 줄 모르는 게 아니라 그저 대외적으로 못 쓴다는 이미지를 만들기 위해 집에 컴퓨터를 두지 않았을 가능성이 아주 높다.

"하지만 그런 명단이 저희한테 없으니 어디로 갔는지 알 수가 없군요."

노형진은 진지하게 생각에 빠졌다.

'도시 안에 있을까? 그럴 리가 없지. 아마도 빠져나갔을 거야. 차야 다른 사람의 차를 이용해도 되는 거고 말이지.'

일이 터지기 직전에 탈출했다.

그러니 다른 도시로 갔을 가능성도 있다.

'방법이 없는 건 아니지.'

노형진은 주변을 둘러보다가 다시 위로 올라왔다.

'내가 만일 소피 베리라면 어떤 기분일까?'

성공하든 실패하든 결국 여기는 떠나야 한다.

의심을 받고 있다는 사실은 알았다.

현금을 찾아야 하는 상황이지만, 돈을 다 찾는 것은 저들의 의심을 확신으로 만들어 주는 것이기에 불가능하다.

'이 지하에 있었을까?'

그럴 리가 없다. 감시자들은 바깥에서 바라보고 있다.

이 안에서 움직임이 없다면 들이닥칠지도 모른다.

'그렇다면 자신의 움직임을 보여 줘야 해.'

창밖으로 자신의 모습을 보여 주면서 천연덕스럽게 연기해야 한다.

"뭐 하십니까? 이 위에는 아무것도 없습니다."

"그냥, 제가 소피 베리라면 어떤 생각을 할지 추측 중입니다."

노형진은 그렇게 생각하면서 집 안을 돌아봤다.

'마지막으로 떠나는 상황, 외부에 자신의 모습을 보여 줘야 하는 상황이라면…….'

사방을 둘러보던 노형진의 시선이 한 곳에서 멈췄다.

수사관들이 보통은 신경 쓰지 않는 곳. 사실 사건과는 전혀 관련이 없는 곳.

'빙고.'

설거지를 하는 싱크대에 덩그러니 들어가 있는 하나의 컵.

대충 상황이 나온다. 컵으로 커피든 뭐든 마시면서 마음을 진정시킨다.

그리고 시간이 되면 그 컵은 싱크대에 습관적으로 집어넣는다.

씻을 필요는 없다. 어차피 떠날 테니까.

그리고 바깥에서 벌어지는 사고.

그 후에 소피 베리는 바깥으로 나간다.

자신의 차를 타고, 어디론가 떠난다.

그곳이 어딘지는 모른다.

'하지만 컵을 쥐고 많은 생각을 했겠지.'

노형진은 그 컵을 잡아 올렸다.

그러자 쏟아져 들어오는 수많은 기억들.

자신이 드러났다는 사실에 대한 두려움과 공포 그리고 황

당함, 마지막으로 자신이 도망가게 한 자들에 대한 복수와 악마 숭배에 관한 기억.

그리고 마침내 한 가지 기억이 떠올랐다.

"찾았다."

노형진의 입가에 빙그레 미소가 떠올랐다.

⚖

노형진이 찾아낸 기억은 어떻게 이곳을 떠나느냐에 대한 계획이었다.

방법은 의외로 간단했다. 바로 트럭이었다.

악마 숭배자들 중에는 짐을 나르는 트럭을 운전하는 사람도 있었다.

검문한다고 해도 운전석을 조사하지 짐칸은 잘 조사하지 못한다.

더군다나 미국의 트럭들은 한국의 트럭들과 비교도 못 할 만큼 크고 길다.

그래서 안쪽을 보기 위해서는 꺼내야 하는 물건의 양이 어마어마하기에, 대충 뒷문을 열고 짐이 쌓여 있으면 그대로 통과시키는 것이 보통이었다.

"그런데 트럭이라고 어떻게 확신하십니까?"

빠르게 헬기를 타고 움직이는 사람들.

“그냥 그런 생각이 들었습니다. 일반 차량은 탈출이 불가능할 테니 다른 도구를 찾겠지요. 하지만 라이센트빌은 공항으로 가기에도 멀고 해안가는 없죠. 주변에는 숲이 대부분이라 사막처럼 가로지를 수도 없고요.”

결국 도로를 이용하는 수밖에 없다는 거다.

“트럭을 이용해서 짐을 나르는 것은 밀수나 불법 입국자들이 잘 쓰는 방법입니다. 이미 검증된 방법인 데다가 자국 내에서 그걸 그렇게 심하게 감시할까요?”

“확실히 그렇군요.”

거센 헬기의 소리에 노형진은 제임스 버킨과 악을 쓰듯이 대화를 나누고 있었다.

“말씀하신 대로 대형 트럭이 나간 건 사건 이후에 한 대뿐입니다!”

외부에 짐을 배송하기 위해 대형 트럭이 마을 바깥으로 나갔다.

“확실히 이 시간에 트럭이 출발하는 게 이상하기는 하지?”

보통 트럭은 공장에서 화물을 올리는 게 끝나는 시간에 출발한다.

그런데 지금 시간은 새벽 2시 30분.

그리고 트럭이 나간 시간은 새벽 1시경.

“미국에서는 한국처럼 그렇게 오밤중에 공장을 돌리지 않으니까.”

밤 9시나 10시라면 그나마 이해라도 한다.

미국 공장도 급하면 그 시간까지는 하니까.

하지만 새벽 1시? 한국 기업도 그 시간에 일하는 곳은 극히 드물다.

"설사 한다고 해도, 그런 시간이면 보통 아예 아침에 보내거든."

그런데 굳이 그 새벽에 트럭이 출발했다면 당연히 의심스러울 수밖에 없다.

그나마 다행인 것은 트럭이 아무리 빨라도 헬기보다는 느리다는 것이다.

"저기 보입니다."

헬기를 몰던 조종사의 이야기에 모두의 시선이 앞으로 쏠렸다.

저 멀리 한 대의 거대한 트럭이 새벽길을 헤치면서 앞으로 가는 것이 보였다.

"멈추라고 하세요."

"알겠습니다."

아무리 그 트럭이 날고뛰어 봐야 도망갈 길은 없었다.

주변은 다 산림인지라 트럭같이 커다란 차량이 빠져나갈 구멍도 없었고 말이다.

-앞서 가는 트럭, 정차하세요. 바로 정차하세요.

경찰용 헬기에 달려 있는 경고 방송용 스피커를 통해 경고 하는 헬기 조종사.

하지만 트럭은 그러한 말에 아랑곳하지 않고 도로를 내달렸다. 도리어 속도를 올리기까지 했다.

"보아하니 주변의 다른 차량에 한 소리라고 착각할 가능성은 없는 것 같고."

주변에는 트럭은커녕 어떠한 차량도 없다.

"더군다나 이런 상황이면 일단은 한번 멈추겠지요."

하지만 그 트럭은 더더욱 빨리 달릴 뿐이었다.

그렇다면 답은 하나뿐이다.

"분명 안쪽에 소피 베리가 타고 있을 겁니다."

그렇지 않다면 저렇게 다급하게 도망갈 이유가 없다.

"추적하면서 길을 막아야겠군요."

제임스 버킨은 그렇게 말했다.

저런 식으로 내달리는 트럭을 멈추게 하는 건 쉬운 일이 아니니까.

"그럴 필요 없을 것 같은데?"

그러나 오광훈에게는 더 좋은 방법이 있었다.

"한 통 남았네."

숲에서 화공에 쓰던 기름통이 하나 남아 있었던 것.

그걸 보고 제임스 버킨은 고개를 끄덕거리더니 헬기 조종사에게 헬기를 운전석 바로 위에 위치하게 조종하라고 했다.

"조심해서."

헬기는 절묘하게 비행해서 차량의 운전석 바로 위에 자리를 잡았다.

그러자 오광훈은 기름통의 뚜껑을 열고 불이 붙은 종이를 하나 쑤셔 박은 다음 그대로 떨어트렸다.

쾅!

요란한 소리와 함께 기름통이 차량에 부딪혔다.

그리고 기름이 퍼지며 당연히 불도 쫙 퍼졌다.

불은 순식간에 차량의 앞면을 막았고, 그러한 공격에 차에 큰 피해가 간 것은 아니지만 운전석이 불꽃으로 가려질 수밖에 없었다.

끼이이익!

갑자기 떨어진 불길에 트럭은 휘청거렸고, 한번 균형이 무너지자 감당하지 못하고 옆으로 쓰러졌다.

콰지직 소리와 함께 차가 나뒹굴자 그제야 헬기는 바로 앞에 착륙했고, 소화기를 든 사람들이 트럭으로 내달렸다.

"불 꺼. 내부를 확인한다."

불은 금방 잡혔다.

잠시 후 깨진 앞 유리창으로 기절한 운전사가 끌려 나왔다.

"남은 건 여기뿐이군."

다들 트럭의 뒷문으로 다가갔다.

그리고 그걸 열자 비명 소리가 들렸다.

"으아아아!"

수색할 필요도 없이 누군가 있는 게 분명했다.

그리고 그것은 노형진도 아는 목소리였다.

"소피 베리! 항복하고 나와!"

제임스 버킨은 안쪽에 대고 소리를 질렀다.

하지만 안쪽에서는 신음 소리만 들릴 뿐 반응이 없었다.

"짐 끌어내."

다들 트럭에 매달려서 짐을 꺼내기 시작했다.

애초에 짐은 그다지 많지 않았다.

입구만을 감추기 위해 대충 쌓아 올렸으니까.

그렇게 짐들을 꺼내고 안으로 들어가자 트럭이 쓰러지면서 짐에 깔린 건지, 다리가 기괴하게 부러진 소피 베리가 쓰러진 채로 이쪽을 표독스럽게 노려보고 있었다.

"소피 베리, 네놈을 살인 혐의로 체포한다."

그에게 다가가 수갑을 채우는 제임스 버킨.

수십 년 동안 숨어 왔던 악마 숭배자들이 소탕되는 순간이었다.

"역시 안 되네요."

끌려온 소피 베리는 모조리 지옥에 갈 거라고 킬킬거리기만 할 뿐 절대 입을 열지 않았다.

"하필이면……."

노형진은 핸드폰을 보면서 한숨을 쉬었다.

명단이 있을 거라고 추측되는 핸드폰.

그 폰은 보안을 최우선으로 생각하는 모 기업의 핸드폰이다.

"절대 열어 주지 않겠죠."

이미 사형이 확정된 것이나 마찬가지인 소피 베리다.

뭐가 아쉽다고 수사에 협조하겠는가?

문제는 그 회사다.

그 회사는 절대 이 핸드폰의 보안 코드를 알려 주지 않는 곳으로 유명하다.

어느 정도냐면, 연방 법원에서 영장을 발부했음에도 불구하고 처벌을 감수하고 알려 주지 않았다.

도리어 '봐라, 미국 정부도 우리 핸드폰은 못 연다.'라고 홍보 전략으로 써먹을 정도였다.

"하루빨리 한국으로 가셔야 할 텐데요."

"한국만의 문제가 아니죠."

일이 이 지경이 되었으니 다른 악마 숭배자들이 도망갈 가능성 역시 존재한다.

만일 그들이 도망가서 새로운 세력을 만들기 시작하면 어마어마한 피해가 발생하게 될 것이다.

"아예 명단이 없으면 어쩌지?"

"그럴 가능성은 낮아."

관리를 위해서 명단은 꼭 필요하다.

더군다나 기본적으로 이들은 범죄자들이다.

즉, 서로 약점을 쥐고 있어야 서로를 조금이라도 믿는 게 가능하다는 거다.

"그런 놈들이 과연 명단을 확보하지 않을까?"

"그건 그런데……."

노형진의 말에 고민하는 사람들.

"일단 이걸 여는 건 시간이 좀 걸릴 겁니다. 저놈이 도와주지는 않을 테니까."

노형진은 핸드폰을 물끄러미 보다가 입맛을 다셨다.

'내가 확 열어 버려? 그럴 수도 없고.'

물론 자신이 원하면 패턴을 읽어서 열 수도 있다.

하지만 그렇게 되면 이게 어떻게 열렸는지 설명해야 한다.

'저 핸드폰은 여는 것도 지랄맞고.'

한국 핸드폰은 세 번 이상 실패하면 10분 정도 여는 것을 못 하게 한다.

하지만 저 핸드폰은 그 수치가 기하급수적으로 늘어난다.

처음에는 3분, 그다음에는 6분, 그다음에는 12분.

그런 식으로 두 배씩 대기 시간이 늘어나는 시스템이다.

물론 어느 정도까지는 기다릴 수 있겠지만, 그렇다고 해서 패턴이 저절로 풀리지는 않는다.

인터넷에 농담처럼 나오는 이야기가 있는데, 어린 조카가 핸드폰을 가지고 간 걸 몰랐다가 나중에 받아 보니 핸드폰 대기 시간이 128년까지 늘어났다는 것이다.

그걸 풀기 위해 회사에 문의했지만 회사에서는 포맷밖에 답이 없다고 했고 말이다.

'그런데 내가 가서 아, 운이 좋아서 한 번에 맞혔어요, 라고 할 수는 없는 노릇이고.'

노형진은 한숨을 쉬면서 핸드폰을 바라보았다.

그러다가 문득 핸드폰에 생긴 얼룩을 발견했다.

"아!"

핸드폰에서 흔하게 볼 수 있는 얼룩이었지만 그걸 본 노형진의 생각은 좀 달랐다.

"지문 오픈으로 안 됩니까?"

"지문 오픈요? 뭐, 지문 인식을 지원하는 모델이니 가능하겠지만 소피 베리가 자발적으로 손가락을 대지는 않을 것 같은데요."

영장을 받고 핸드폰의 비밀번호를 푸는 것과 강제로 범죄자의 손가락을 지문 인식기에 대는 것은 전혀 다른 문제다.

그리고 미국의 법원은 증거 입수에 있어서 조금이라도 불법적인 방법이 보일 경우 무조건 증거능력을 인정하지 않는다.

"지문을 복제할 수 있지 않습니까?"

"지문 복제요?"

"그 뭐냐, 영화에서 보니까 가능하던데요."

제임스 버킨은 묘한 눈빛이 되었다.

그도 그 영화를 본 적이 있기 때문이다.

물론 그게 가능한지는 모른다. 그저 영화적 연출일 수도 있다.

하지만 분명 가능성은 있다. 당장 저급 인식 장비는 스카치테이프를 이용해서 뚫리는 경우도 있었으니까.

물론 지금은 그런 장비는 없지만.

"그건 알아봐야겠군요."

FBI는 연방수사국이지 특수 첩보 집단이 아니다.

내부에 그런 업무를 하는 자들이라면 모를까, 일반 수사관인 제임스 버킨이 그게 가능한지 알 수는 없었다.

"설사 가능하다고 해도 지문을 얻는 건 전혀 다른 문제입니다. 쉽게 제공하려고 하지 않을 텐데요?"

소피 베리가 자발적으로 지문을 찍으려고 할 리 없으니 신체적인 억압을 통해 찍어야 하는데, 그 경우에는 또다시 소송의 대상이 된다.

그러나 노형진은 생각이 있었다.

"지문을 얻을 만한 것이 있습니다."

"것?"

"네. 거기에는 분명 지문이 있을 겁니다."

노형진은 확신하고 있었다.

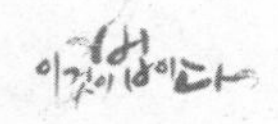

⚖

"있습니다."

노형진이 지문이 있을 거라고 생각한 것.

그건 다름 아닌 노형진이 기억을 읽어 낸 소피의 머그잔이었다.

"확실히 머그잔에는 지문이 남기 쉽지요."

지문이라는 것 자체가 사람 손에서 분비된 땀과 기름 때문에 손을 댄 곳에 남아 있는 형태를 의미한다.

당연하게도 표면이 매끄러울수록 그 형태는 잘 남는다.

소피 베리는 최후의 순간 커피를 마시면서 마음을 안정시켰다.

당연하게도 그렇게 커피를 마신 컵에는 지문이 남을 수밖에 없다. 그 당시에 소피 베리는 거기에 컵을 그냥 두고 갔을 뿐, 딱히 물에 담가 두지도 않았으니까.

"이걸 복제해서 쓸 수 있습니까?"

"조심스럽게 복제할 수 있을 것 같습니다. 상당히 뚜렷한 지문이네요."

과학수사 팀은 고개를 끄덕거렸고, 노형진은 주먹을 불끈 쥐었다.

드디어 한국으로 간 놈에 대한 증거를 찾을 수 있게 된 것이다.

다시 한국으로

소피 베리는 웃고 있었다.

그녀는 자신을 죽인다고 해도 절대 신도들의 행방을 알려 줄 생각이 없었다.

그러나 그런 그녀의 자신감은 오래가지 못했다.

"핸드폰을 열었지."

그녀를 취조실에 두고 제임스 버킨은 미소를 지으며 말했다.

"무슨 말도 안 되는 소리입니까? 그건 불가능합니다."

소피 베리의 변호사는 말도 안 된다고 소리를 버럭 질렀다. 회사에서도 열어 주지 않는 지문을 무슨 수로 연단 말인가?

"당신 의뢰인의 지문을 찾아내서 그걸 복제했습니다. 지문 패턴을 등록시켜 두셨더군요."

소피 베리의 눈이 순간 커졌다.

자신의 지문을 복제한다는 건 생각도 못 한 일이었으니까.

"그건 불법입니다!"

"아니요. 불법이 아닙니다."

제임스 버킨은 즐거운 표정으로 말했다.

"핸드폰에 대한 영장도 나왔고, 당신의 지문이 나온 물건 역시 증거로 등록된 상태죠. 즉, 증거에서 나온 정보를 바탕으로 다른 증거를 확인했다, 이건 불법이 아니죠."

만일 강제로 지문을 찍으라고 힘으로 찍어 눌렀다면 불법이겠지만 이 경우는 불법이라 볼 수 없다.

"그래서 몇 가지 자료를 꺼내 왔지요."

스윽 하고 제법 두툼한 서류를 꺼내는 제임스 버킨.

그러나 소피 베리는 그걸 보고도 눈도 깜짝하지 않았다.

'그런다고 해서 내가 걸려들 것 같아?'

그녀가 걸리지 않을 거라 자신하는 가장 큰 이유는 핸드폰 내부에 명단이 하나가 아니기 때문이다.

진짜 자원봉사자 명단도 있고 기부자 명단도 있다.

당연히 악마 숭배자 명단 역시 그러한 기부자 명단으로 따로 보관하고 있었다.

그러니 그 안에서 찾아낸 걸 증거로 내민다고 한들 자신이 기부자 명단이라고 해 버리면 다른 숭배자들을 처벌할 방법이 없다.

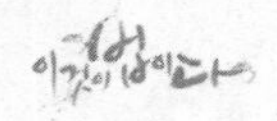

"그런데 그거 아십니까?"

제임스 버킨은 소피 베리를 보면서 즐거운 표정으로 말했다.

"당신이 걸린 이유."

"뭐라고요?"

"당신이 걸린 이유 말입니다. 수십 년 동안 당신은 단 한 번도 걸리지 않고 살아왔지요. 그런데 이번에는 왜 걸렸을까요?"

그건 그녀도 모르는 일이었다.

확인하기에는 상황이 너무 다급하게 진행되었다.

"한국에서 동일한 문장이 발견되었습니다."

"한국?"

변호사는 그 말이 이해가 안 간다는 표정이 되었지만 소피 베리의 눈동자는 흔들리기 시작했다.

"한국에서는 동일한 사건이라 생각해서 미국까지 사건을 추적해 왔지요. 칼 구스타프 사건은 벌써 수십 년 전 사건인데 그걸 기억하고 있는 사람이 있더군요. 그래서 한국에서 사용된 그림과 칼 구스타프의 그림이 같다는 걸 알아냈지요. 한국에서 파견된 수사관이 상당히 뛰어났거든요."

그렇게 천천히 수사의 과정을 말해 주는 제임스 버킨.

그리고 그 말을 들으면서 소피 베리는 이를 악물었다.

"결국 스승이 있다고 생각했습니다. 그리고 그 스승은 당연히 고향에 있을 거라 생각했지요."

싱글거리면서 웃는 제임스 버킨.

그렇게 설명을 끝낸 그는 차갑게 말했다.

"그런데 어쩌나요? 당신 명단을 모두 확인했습니다. 그런데 딱 한 명이 한국에 나가 있네요. 그것도 나간 지 대략 4년쯤 지났더군요."

그 말은 그 명단이야말로 진짜 악마 숭배자들의 명단이라는 의미였다.

단 한 명이 한국에 나가 있고, 그곳에서 악마 숭배 방식의 살인이 터졌다.

"하실 말씀 있습니까?"

제임스 버킨이 물었다.

애초에 제임스 버킨은 웃으려고 여기에 온 것이다.

눈앞에서 저렇게 일그러지는 범인의 얼굴을 보며 웃는 것. 그게 그의 목적이었다.

"이노옴! 우리의 신께서 네놈을 제물로 삼을 것이다. 네놈은 영원히 지옥 불에서 훨훨 탈 거야!"

당연히 눈이 돌아간 소피 베리는 소리를 버럭 지르면서 제임스 버킨에게 달려들었지만 의자와 연결된 수갑에 그대로 주저앉을 수밖에 없었다.

"뭐, 그건 당신이겠지요, 후후후."

제임스 버킨은 웃으면서 자료를 챙겨서 그곳을 나왔다.

"악마님께서 네놈을 보고 있다. 바알 님께서는 네놈을 용서치 않을 거야!"

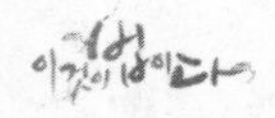

최후의 발악 같은 목소리를 뒤로한 제임스 버킨은 밖에서 기다리는 오광훈에게 다가갔다.

"오 검사님이 말씀하신 대로네요."

사실 핸드폰을 열었어도 명단이 무려 스무 개가 넘었기에 어떤 게 진짜 명단인지 알 수가 없었다.

노형진도 다시 기억을 읽어야 하나 고민해야 했다.

하지만 의외로 오광훈이 기지를 발휘해서, 자신들이 범인을 찾으러 왔으니 당연히 한국에 누구 한 명 있지 않을까 하는 말을 했고, FBI는 바로 명단 속 사람들의 출국 기록을 확인했다.

그중에서 한국으로 출국한 사람은 단 한 명, 사무엘 핸슨이라는 사람이었다.

"기록에 따르면 사무엘 핸슨이 한국에 간 지는 4년이 되었습니다."

4년 정도면 어느 정도의 세력을 만드는 게 가능했을 시간이다.

"기록상으로 보면 한국에서 초청을 받은 걸로 되어 있습니다."

"초청이라……."

노형진은 초청자의 이름을 보고 혀를 끌끌 찼다.

"영어 학원이군요."

"영어 학원요?"

"네. 한국에서 원어민 교사의 수요는 제법 많지요."

더군다나 사무엘 핸슨은 멀끔하게 잘생긴 백인이다.

전형적인, 한국에서 원하는 백인 교사의 상이라고 할까?

"하지만 학원생이 그 정도로 시간을 들일 수 있을까요?"

"한 곳에서만 일하라는 법은 없으니까요."

취업 비자가 나온 후에 한 곳에서 일하라는 법은 없다.

취업 사실이 확실하다면 취업 비자의 갱신은 그다지 어렵지 않다.

물론 종종 미국으로 돌아와야 하는 문제가 있기는 하지만, 그가 한국에서 오래 머무는 데에는 아무 문제 없다.

"일단 한국으로 돌아가 봐야겠습니다."

명확한 증거를 얻었고, 이제 남은 건 한국에서 그놈을 추적하는 것뿐이었다.

"쉽지 않겠지만 말입니다."

미국에서는 새로운 훈장을 주겠다고 했지만 그걸 받을 시간이 없었기에 노형진은 서둘러 한국으로 오광훈과 함께 돌아왔다.

한국에서는 오광훈이 얻은 정보를 바탕으로 이미 사무엘 핸슨에 대해 조사하고 있었다.

사실 조사라고 할 것도 없기는 했다.

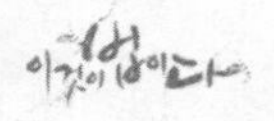

"이미 이직했습니다. 그리고 도주 상태이고요."

"역시나."

사무엘 핸슨은 영어 학원에서 일하다가 어느 정도 시간이 지난 후에 다른 곳으로 이직했다고 한다.

어느 무역 회사에 입사해서 근무했는데, 갑자기 실종되었다는 것이다.

"시기가 딱 소피 베리가 잡혀 버린 때네."

"어떻게 알았지? 뉴스에 나오지도 않았을 텐데."

"그놈들이 따로 통신체계를 잡아 놨을 가능성이 크지."

농담이 아니라 지금 미국에서도 악마 숭배자들의 추적이 계속되고 있는데 적지 않은 수가 사라진 후였다.

아마도 상위 계층에서는 자기들끼리 안부를 확인하는 어떤 수단이 있었던 모양이다.

"그러면 이놈은 어디로 도망갔는지도 모르고?"

"확인이 안 됩니다. 일단 오광훈 부부장검사님이 말씀하신 대로 학원생 위주로 확인 중입니다만……."

그는 맨 처음에는 선생님으로 여기에 입국했다.

그렇다면 접근하기 쉬운 건 학생이다.

"애초에 학생들이 포섭하기는 쉬우니까."

그래서 소피 베리도 그 오랜 시간을 센터에서 일한 것이다.

"현재 그의 제자로 보이는 아이들 중에서 세 명이 실종 상태입니다."

"세 명이나?"

"네. 아마도 악마 숭배자가 되지 않았을까 합니다. 그 세 아이에 대해서도 말이 많았다고 합니다."

평소에도 세상에 불만이 많았다고 한다.

한국은 공부를 할 때 너무 치열한 경쟁을 하기에 거기에서 도태되면 사람 취급도 안 하는 경우가 많다.

"그런 아이들이라면 쉽게 포섭될 수도 있지."

더군다나 아이들은 자신을 보살피는 사람들에게 심리적으로 쉽게 동조한다.

오죽하면 자신이 보살피는 대상을 이용해서 범죄를 저지르는 타입을 그루밍 범죄라고 따로 표현하겠는가?

생각보다 그런 놈들이 많다.

"일단 주변을 추적 중입니다만."

외국인이라는 특성상 추적이 쉽지는 않다.

더군다나 한국인들이 도와주고 있다면 더더욱 어려워진다.

"일단 은행에서 추적을 시작하지."

"네?"

그런데 해결책을 제시한 것은 의외로 오광훈이었다.

서당 개 삼 년이면 풍월을 읊는다고 하더니 오광훈도 많이 배운 모양이었다.

"누군가 그와 함께 도주하려고 한다면 당연히 자신을 감추려고 할 거야. 한국에서 도주하려면 현금이 많이 필요할 테니까.”

“아! 가지고 있는 현금을 모두 찾았을 가능성이 높군요.”

“그래. 어차피 주변에서 숭배자들을 늘려 왔을 테니까 그 주변에서 은행에서 거액을 꺼내고 사라진 사람들을 확인하면 숭배자들을 특정하기 쉽겠지.”

“좋은 생각이네요. 바로 시행하겠습니다.”

검사는 고개를 끄덕거렸다.

그런 오광훈을 노형진은 신기하다는 듯 바라보았다.

“왜? 뭐?”

“아니, 너도 많이 늘었다 싶어서.”

“나 오광훈 검사야.”

“그래, 오광훈 검사지.”

피식 웃는 노형진.

하지만 그래도 여전히 노형진의 도움이 필요한 부분도 있었다.

“일단 신도들을 데리고 도망을 갔을 가능성이 크니까 네가 한 말은 좋은 생각이기는 해.”

“그렇지?”

“하지만 이 이후의 추적이 문제야.”

이미 도주했다면 상황이 미국과는 좀 다르다.

더군다나 숨어 다닌다는 걸 감안하면 말이다.

“그나마 다행인 건 시간이 얼마 되지 않아서 포섭된 사람이 대부분 어린 나이일 거라는 건데."

그건 아주 중요한 문제다.

미국 같은 경우는 그 포섭된 숭배자들이 사회인이기 때문에 적지 않은 돈을 가지고 도망갈 수 있었지만, 사무엘 핸슨의 경우에는 대부분 학생이거나 잘해 봐야 사회 초년생일 가능성이 높다.

그렇다면 그들의 도주에는 한계가 있을 수밖에 없다.

"공중파로 때리는 건 어때?"

"공중파?"

"그래. 그때는 얼굴도 모르는 상황이었지만 이제는 상황이 다르잖아."

미국 정부에서도 인정한 악마 숭배자다.

더군다나 이미 도주를 한 이상 빼도 박도 못하는 상황.

"아이들의 얼굴을 공개하는 건 힘들겠지만 외국인이야. 아무래도 외국인들은 눈에 띌 수밖에 없거든."

그런 만큼 언론을 통해 사진을 공개하는 것이 확실하기는 하다.

"하지만 그게 쉽지 않을 텐데?"

그런 경우는 드물고, 한국의 인권 단체들은 그런 행동에 대해 태클을 많이 걸었다.

"말을 바꾸면 되는 거지."

"말을 바꿔?"

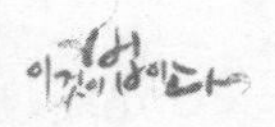

"그 애들이 추종자라는 증거 있어?"
"어?"
노형진의 말에 오광훈은 뭔 소리냐는 표정으로 바라보았다.

⚖

추종자 세 명. 그건 미국에서 확인한, 한 번에 바치는 제물의 숫자와 똑같다.
물론 그 애들이 제물인지는 알 수 없다.
하지만 반대로 숭배자인지도 확신할 수 없다.

—미국에서의 조사 결과 사무엘 핸슨은 악마 숭배 집단의 교도로서 사람을 제물로 바치는 자라고 합니다. 그는 자신이 제자로 데리고 있던 세 아이를 데리고 실종되었습니다. 정부의 발표에 따르면 미국의 수사 결과 해당 교단은 매달 한 번씩 제물을 바치며 그 숫자는 세 명이라고 합니다. 이 세 아이의 얼굴을 봐 주십시오. 아이들이 위험합니다.

불확실을 이용한 홍보였다.
인권 단체가 언론에 범죄자의 얼굴을 내보내는 것에 대해 극도로 예민하게 반응하기는 하지만, 그건 어디까지나 체포를 목적으로 할 때다.

이미 세 아이가 사라졌고, 그 아이들의 목숨이 걸려 있다면?

그때는 이야기가 달라진다.

더군다나 미국에서 제물과 관련된 숫자에 대해 확인해 준 이상 답은 나와 있었다.

—우리 애들 좀 구해 주세요.

—제발…… 우리 애들 좀 살려 주세요.

부모들은 자식들이 어떤 상황인지 모르니 살려 달라고 방송에서 빌 수밖에 없었다.

그리고 한국 사람들 중에, 아이들이 제물로 바쳐질 상황이라는데 그걸 그냥 두고 볼 사람은 없었다.

"사무엘 핸슨은 어디도 가지 못할 거야. 같이 도망간 놈들도 마찬가지이고."

한국에서 백인은 눈에 띌 수밖에 없다.

더군다나 세 학생들은 얼굴이 드러났다.

그들을 다 버리고 움직인다면 좀 쉽게 도망갈 수 있을지 모르지만, 그 순간 동선이 드러날 수밖에 없다.

"움직이지 못하는 대상을 추적하는 게 아무래도 훨씬 더 편하지."

그들도 뉴스를 보고 있을 테니까 곤란해할 것이다.

"일반적으로는 모텔을 빌려서 쓸 테니까."

노형진은 그러게 말하면서 다음 떡밥을 준비했다.

"제3의눈에서 현상금을 걸 거야. 현상금은 1억."

"1억이라고? 이미 지명수배 걸려 있잖아."

"그게 문제야. 너 지명수배자들 숫자 알아?"

"그거야 어마어마하지."

"그러면 그 얼굴은 알아?"

"어…… 그러네."

지명수배라는 건 쉽게 말해서 얼굴을 공개하고 그들에 대한 제보를 받는 것이다.

그런데 한국의 지명수배 시스템은 이상한 게 있다.

국민들에게 제보받아서 수배자들을 잡는 것이 바로 지명수배 시스템이다. 그런데 정작 국민들이 그 수배자들의 얼굴을 확인할 수 있는 장소가 거의 없다.

일반적으로 지명수배자의 얼굴은 경찰에서 상반기와 하반기 두 번에 걸쳐서 회의를 해서 총 스무 명을 공개한다.

당연하게도 매번 스무 명이 아니라 계속 올라가는 놈은 존재한다.

일반적으로 지명수배에 올라가면 검거율은 43% 정도.

얼굴을 공개하는 것을 생각하면 아주 높은 검거율은 아니다.

"한국에 지명수배자를 확인할 수 있는 장소가 어디 있어?"

기껏해야 그렇게 전단으로 붙은 스무 명 정도.

그마저도 버스 터미널이나 전철역 또는 은행 등이다.

당연히 대부분의 사람들은 그걸 신경 쓰지 않는다.

"더군다나 지금 사무엘 핸슨은 얼굴도 드러나지 않았잖아."

드러난 것은 실종으로 추정되는 세 아이의 얼굴뿐이다.

범죄자가 아니라 희생될 수 있는 대상으로 봤기 때문에 공개가 가능한 거지, 범죄자로 추정했다면 절대 공개가 불가능했을 것이다.

"기껏해야 '목격자를 찾습니다'라는 앱으로 확인하는 건데."

"그런 게 있어?"

"거봐, 너도 모르잖아. 검사도 모르는 걸 국민들이 잘도 앱까지 깔아 가면서 범인들 얼굴 확인하고 다니겠다."

노형진은 혀를 끌끌 찼다.

물론 사건의 정황상 언론 공개를 통해 추적해서 잡을 수도 있다.

그러나 경찰 내부에서는 그걸 거부하고 있는 실정이었다.

지명수배자의 관리는 법이 없다.

그 대신에 '지명수배자의 규칙'이라는 경찰청 내부 규칙에 따라 처리한다.

다시 말해서 검찰은 지명수배자의 공개에 관한 어떠한 권한도 없다는 것이다.

경찰 내부에서 결정하는 문제이니까.

그런데 이 지명수배자의 공개는 인권적인 문제 역시 부담이 된다.

만일 기껏 지명수배 해 놨는데 그 사람이 진짜 범인이 아닌 경우, 경찰은 심각한 정치적 부담을 안을 수밖에 없다.

그 때문에 경찰에서는 지명수배자의 공개에 소극적인 편이다.

당장 대표적인 예가 바로 지금 상황이다.

미국에서도 사무엘 핸슨은 악마 숭배자라고 확인해 줬음에도 불구하고 경찰은 책임이 두려워 공개하지 않아서, 언론에 나간 것은 흐릿하게 블러 처리된 사진뿐이었고 그걸로 확인할 수 있는 것은 대상이 금발의 백인 남성이라는 것뿐이었다.

"그러니까 제3의 눈을 통해 사진을 공개하고 현상금을 걸 거야."

만일 제3의눈을 통해 공개한다고 하면 사람들 사이에서는 무서울 정도로 사진이 퍼지기 시작할 것이다.

더군다나 무려 1억의 현상금이다.

"그렇게 되면 움직이지 못할 거야."

"흠."

"너도 알겠지만 지명수배는 진짜로 제보를 통해 잡으려고 하는 건 아니야. 잡으면 좋고 아니면 말고인 식이지."

지명수배자는 매년 수백 명에 달한다.

"당장 이번 사건에서도 사무엘 핸슨의 얼굴은 감춰진 상태고."

방송에서 나간 것도 사무엘 핸슨의 얼굴이 아니라 같이 실종된 세 명의 아이들의 사진이다.

그들을 피해자로 규정해 놔서 방송이 가능한 거지, 만일 그 아이들을 가해자로 규정했다면 절대 방송되지 않았을 것이다.

"지명수배는 기본적으로 우연히 걸리기를 원하거나 상대방이 심리적인 압박을 받기를 원해서 하는 거야. 제3의눈에서 사무엘 핸슨의 사진을 공개하면 아무래도 그 심리적 압박은 더하겠지. 제3자의 피해도 막을 수 있을 테고."

"제3자의 피해?"

"악마 숭배자들이잖아. 너도 알다시피 이런 사이비 종교적인 부분은 사람들을 더욱 미치게 만들거든."

추적과 상관없이 그들은 계속 사람을 제물로 바치려고 할 가능성이 높다.

"그렇지만 얼굴이 드러나면 그 짓은 못 하지."

사람들에게 경각심을 주기 위해서라도 최대한 일을 크게 만드는 게 노형진의 계획이었다.

"복잡하다, 복잡해. 그냥 미국으로 보내서 죽여 버리면 안 되나? 그러면 편한데."

"미국에서 확실히 범죄인인도를 요구하기는 하겠네. 미국으로 보내면 거기서 죽겠지. 하지만 너무 편한 죽음이 될 거야."

노형진의 말에 오광훈은 고개를 끄덕거렸다.

미국이 상황을 보면서 범죄인인도를 요청하지 않을 가능성은 제로라고 봐도 무방하다.

천 명 단위의 사망자가 발생했을 것으로 추정되는 사건이다.

더군다나 경찰과 FBI를 죽이려고 함정까지 팠던 사건이라, 미국에서는 연일 계속해서 뉴스로 나가고 있는 상황.

"물론 한국 입장에서는 그게 쉽기는 하지. 하지만 여기서 미국으로 보내 버린다면 희생자들의 감정은 어떻겠어?"

"으음……."

이미 확실하게 드러난 희생자만 세 명이다.

저들이 얼마나 더 죽였는지는 알 수가 없다.

"그런 상황인데 그냥 '미국에서 처벌해 줄 테니 미국으로 보내겠습니다.'라고 하면 희생자들의 가족들이 이해할까?"

복수라는 게 누군가에게는 허무하고 부질없는 것일지 모르지만 누군가에게는 꼭 해야 하는 최소한의 일이었다.

"네 말마따나 미국으로 보내면 100% 사형당하겠지. 하지만 그건 미국의 법에 따른 거지 한국의 법에 따르는 게 아니야."

"그러면?"

"한국에서 저지른 죄에 대해서는 무조건 실형을 살게 만든 후에 미국으로 보내든가 해야지."

하다못해 한국에서 실형이 확정되고 나서 미국으로 송환 결정이 되는 것과 그냥 바로 송환하는 것은 피해자의 유가족이 받는 느낌이 사뭇 다르다.

한국에서 죄가 인정되는 것과, 그조차 인정되지 않고 미국으로 보내지는 건 서로 다른 이야기니까.

"그러니 한국에서 최소한 재판받고 유죄판결을 받은 후에 보내는 게 맞아."

"하지만 그걸 피해자 유가족들이 원하겠어?"

"당연히 원하지."

한국에서 유죄판결을 받는다고 해서 과연 유가족들이 만족할 정도의 처벌이 나올까?

설사 사형이 선고된다고 해도 한국은 사형 미집행국이다.

절대로 죽지 않는다.

"그러면 그때야 사람들이 미국으로 보내라고 하겠지."

미국에서는 사형이 집행될 테니까.

"죄를 밝히고 보내는 것과 그냥 보내서 죽이는 건 그 결과적인 면에서 상당히 달라."

"복잡하다, 복잡해."

오광훈은 머리를 절레절레 흔들었다.

"그래, 그놈들이 숨어 있는 공간을 찾는 건 그렇다고 쳐. 하지만 증거 없는 거 알지?"

노형진의 계획에는 가장 큰 맹점이 있었다.

현상금 1억이면 그들을 찾을 수는 있을 것이다.

최소한 그들이 꼼짝도 못 하게 해서 추적에 필요한 시간을 벌 수도 있을 것이다.

"하지만 그 범죄를 증명하는 건 전혀 다른 문제라고."

"그건 그렇지."

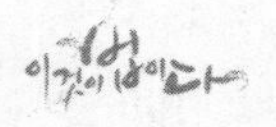

미국도 현장에서 습격당한 것 위주로 조사 중이라고 한다.

그들은 자신들을 감추기 위해 철저하게 움직였다.

행사를 할 때는 정해진 복장을 입고 하는데 그게 온몸을 가리는 복장이었다.

심지어 마스크까지 쓰고 했다.

그리고 그 복장은 행사가 끝난 후에는 모조리 소각 처리해 버렸다.

그런 식이니 유전자가 나올 수가 없다.

"하지만 거기에는 맹점이 존재하지."

"맹점?"

"그들이 입는 옷은 정해져 있어. 그렇다면 그 옷은 어디서 구할까?"

물론 자기들이 그때마다 옷을 새로 사서 입고 버린다면 문제가 안 되겠지만, 돈이 없는 빈민 위주로 세력을 늘린 상황에서 그건 사실 불가능한 일이다.

그렇다면 옷을 공급해 줘야 한다는 거다.

"하지만 거기서 일반적인 방호복을 입을 수는 없는 노릇이고."

미국에서 택배로 보내 주지는 않았을 것이다.

그렇다면 한국에서 만들어 입었을 게 뻔하다.

"옷을 추적하자는 거구나."

"그래."

옷을 만들었다면 그 대금을 계산했을 수밖에 없다.

계좌 이체 등으로 결제했다면 정황증거가 아니라 그들이 악마 추종자라는 명백한 증거가 된다.

“그리고 그 옷을 방송에 내보내는 건 불법이 아니거든. 인권 문제도 없고.”

실제로 누군가가 그 옷을 만들었다면 방송을 보고 제보할 가능성이 높다.

“거기서부터 시작하자고.”

“언제부터일까요, 방송에서 범죄자 프로그램이 사라진 게?”

방송에서 옷을 공개하자 아니나 다를까, 금방 제보가 들어왔다.

지방에 있는 작은 공장이었는데, 사장은 씁쓸한 표정으로 말했다.

“그런 범죄자들, 그냥 공개 수배하면 안 되는 건지.”

“그러네요.”

그러고 보니 사실상 현재 한국은 범죄자 추적 프로그램이 없다.

거의 마지막 방송은 〈추적 50분〉이라는 프로그램이었고 그 이후에는 시사 프로그램에서 종종 큰 사건만 공개 수배할 뿐, 전문적으로 범죄자 추적 프로그램을 만들지는 않았다.

"범죄자 인권 타령하다가 그렇게 된 거죠."

노형진이 대놓고 말하자 제보한 사장은 씁쓸한 표정을 지었다.

"그쪽에서는 이 옷을 만들어 달라고 했습니다. 애초에 그다지 어려운 옷도 아니었고요."

규칙을 따른다면 당연히 옷도 같을 거라 생각했다.

그래서 미국에서 사용된 옷을 공개했는데, 한국에서도 실제로 그 주문이 있었다.

"주문이 3천 벌이나 들어왔습니다."

옷이라고 하기에는 애매했다.

그럴 수밖에 없는 게, 주문된 옷은 한 번 사용한 후에는 태워 버리는 목적으로 만들어진다.

그렇다 보니 제대로 된 옷이 아니라 싸구려 천으로 제작되었다.

"단가는 한 벌당 4천 원 정도 했고요."

펑퍼짐한 로브 형태에 두건을 뒤집어쓸 수 있는 모양.

"도대체 이런 건 왜 만들어 입는 걸까요?"

"세상에는 별의별 놈이 다 있습니다. 특히 저희 업체는 행사용 복장 같은 걸 주로 하니까요."

즉, 한 번 입고 버릴 물건들을 만드는 곳이기에 별의별 괴상한 복장 주문이 다 들어온다고 한다.

"그러면 이걸 만들어서 어디로 배달했습니까?"

결제는 현금으로 했으니 당연히 추적은 불가능했다.

그러나 그들이 생각하지 못한 것. 그건 다름 아닌 배달이었다.

무려 3천 벌이나 되니 당연히 그 옷을 배달해 줘야 했을 것이다.

"경상도에 있는 산속이었습니다. 왜 그런 곳으로 갔는지는 모르지만."

"혹시 장소를 정확하게 알 수 있을까요?"

"이미 알아 가지고 왔습니다. 주소가 정확했거든요."

아무것도 없는 허허벌판에 갖다 달라고 했다는 것이다.

노형진은 그걸 받아서는 바로 현장으로 달려갔다.

"여기에는 아무것도 없는데?"

아니나 다를까, 도착한 현장은 아무것도 없는 허허벌판이다.

"그래서 여기로 온 거야."

"어째서?"

"옷을 보관해야 할 거 아냐? 한 번에 3천 벌이나 다 쓰지는 않을 테니까."

"이보셔, 여기 봐 봐. 아무것도 없다니까."

노형진은 씩하고 웃었다.

"그래, 아무것도 없지. 하지만 여기로 배달했다는 건 이 주변에 아지트가 있다는 소리지."

"엉?"

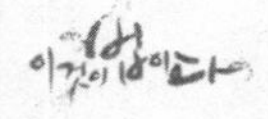

"생각해 봐. 왜 여기로 배달시켰겠어?"
"어…… 자신들의 신분을 감추기 위해서?"
"정답이야. 그렇다면 여기서 내린 옷을 어떻게 옮겨 갈까?"
무려 3천 벌에 달하는 옷이다.
그걸 옮기기 위해서는 다수의 차량 또는 트럭이 필요하다.
하지만 확인한 결과, 그들 명의의 트럭은 없었다.
"방법은 두 가지뿐이지. 하나는 트럭을 빌리는 것. 다른 하나는 숭배자들이 자기 차량을 이용해서 나르는 것."
그런데 보안을 위해 허허벌판으로 배달시킨 놈들이 트럭을 돈 주고 빌렸을 가능성은 낮다.
당연히 자기들끼리 차로 옮길 것이다.
"그렇다면 이 주변으로 아지트가 있지 않겠어?"
"아!"
몇 번이나 왔다 갔다 하면서 옷을 옮겨야 한다.
그런데 여기서 받고 강원도의 아지트까지 나르지는 않았을 것이다.
그럴 거라면 차라리 공장에서 직접 가지고 오는 게 훨씬 나은 선택일 테니까.
"여기서 받고 자기들이 차를 이용해 나르면 걸리지 않을 거라고 생각했겠지."
그 말은, 그들의 아지트가 멀어 봐야 차로 30분 이내의 거리에 있을 가능성이 높다는 걸 의미한다.

그것만 해도 왕복이면 한 시간이니까.

더군다나 옷이 3천 벌이면 한두 번 왔다 갔다 하는 걸로는 안 된다.

"여관이나 모텔에 숨어 있지는 않을 거야. 그랬다면 무슨 제보가 있었겠지."

하지만 아지트가 있다면 이야기는 달라진다.

자기들은 꽁꽁 숨어 있고 드러나지 않은 다른 숭배자 놈들이 식량이나 기타 물건을 공급한다면 이처럼 오래 숨어 있는 것도 충분히 가능하다.

"그리고 몇 가지 조건만 붙이면 말이지."

첫 번째, 다수의 사람들이 생활할 수 있는 건물일 것.

두 번째, 사람들의 교류가 거의 없는 건물일 것.

세 번째, 외부에서 내부를 볼 수 없는 건물일 것.

"이곳을 기준으로 30분 내에 그런 게 얼마나 될까?"

일단 남쪽은 아니다.

남쪽에는 도시가 있다.

그곳에 있었다면 방송 때문에라도 문제가 생겼어야 한다.

그렇다고 북쪽도 아니다. 북쪽은 산이니까.

물론 산이라고 해서 사람이 숨어 있지 못할 건 아니지만, 국유지라서 건물 같은 걸 올릴 수는 없다.

"그러면 동쪽 아니면 서쪽이네."

오광훈은 노형진의 추적 방법에 혀를 내둘렀다.

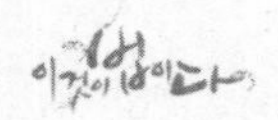

설마 옷을 구입하는 것으로 대략적인 위치를 찾아낼 거라고는 생각하지 못했으니까.

“이다음부터는 네가 할 수 있지?”

“물론.”

오광훈은 자신 있게 웃었다.

“공권력이 좋은 게 뭐겠어? 후후후.”

오광훈은 그 지역의 검찰에 도움을 요청해서 바로 추적에 들어갔다.

그리고 그 추적의 결과는 얼마 지나지 않아서 나왔다.

“전기 사용량?”

노형진은 오광훈이 쓴 방법에 혀를 내둘렀다.

당연히 노형진은 오광훈이 이 잡듯이 주변을 뒤질 거라 생각했다.

그러나 오광훈은 노형진에게 많이 배운 건지 새로운 방법을 찾아냈다.

“다수의 사람이 숨어 있다면 당연히 전기를 쓰지 않겠어?”

“하긴 당연하기는 하지.”

뭘 하든 전기를 쓸 수밖에 없다.

텔레비전을 보든 게임을 하든 말이다.

설사 핸드폰도 안 쓰고 텔레비전도 안 본다고 해도, 여럿이 모여 있는 이상 식재료를 대량으로 보관해야 할 테니 냉장고는 돌릴 수밖에 없다.

"그 주변으로 갑자기 전기 사용량이 늘어난 곳을 추적했지."

사람이 계속 산다면 당연히 안정적으로 전기가 소모될 것이다.

하지만 갑자기 사람이 늘어난다거나 아무도 없던 곳에 다수가 유입된다면 전기의 사용은 급증할 수밖에 없다.

"사무엘 핸슨이 사라진 시점을 기준으로 확인해 보니까 그런 곳이 딱 한 곳 있더라고."

"헐."

직접 가 보지도 않고 전기 사용량 상승만으로 현장을 추정해 낸 오광훈을 보고 노형진은 인정할 수밖에 없었다.

이제 오광훈은 과거의 오광훈이 아니라는 걸.

그는 명실상부하게 한 명의 제대로 된 검사였던 것이다.

"별장이더라고. 주인은 죽은 걸로 되어 있고."

"그런데 어떻게 여기를 알고 찾아온 거지?"

"손자가 하나 있었는데 기록을 확인해 보니 얼마 전에 계좌에서 돈을 거의 전부 빼 버렸어."

그러고 보니 오광훈은 입국할 당시에 계좌에서 돈을 뺀 사람 위주로 추적하라고 했었다.

어차피 포섭은 오프라인으로 했을 테니, 그렇다면 결국 그가 최종적으로 있었던 곳 주변일 테니까.

"하지만 돈이 제법 있는 사람 같은데 왜 악마 숭배자가 된 건지 모르겠네. 더군다나 손주인데."

악마 숭배자들은 기존 질서에 불만이 많은 사람들이 갈 수밖에 없는 길이다.

그런데 별장까지 소유하고 있던 사람이라면 당연히 어느 정도 재산이 있을 수밖에 없다.

그런데 그런 사람의 자손이 갑자기 악마 숭배자가 된다는 게 오광훈은 이해가 가지 않았다.

"아마도 세금 문제나 뭐 그런 거겠지."

"세금?"

"그래. 한국 상속세는 대략 50% 정도 되니까."

금액마다 다르기는 하지만 이 정도 재산이라면 상속세가 50% 정도 된다.

그게 아까워서 사람들은 별의별 방법을 다 써서 편법 증여를 하려고 하는 것이다.

"그런데 그걸 못 내고 압류당하거나 하는 사람들이 제법 있거든."

"압류? 잠깐만."

오광훈은 자료를 확인하더니 고개를 끄덕거렸다.

"맞아. 여기 압류 상태네."

물론 진짜 돈이 없다면 상속을 거부할 수 있다.

그런데 손주가 문제가 된다.

"아마도 아버지란 인간이 제대로 몰랐나 본데."

할아버지가 죽은 후에 아버지가 상속을 포기하면 그 상속은 바로 손주에게로 넘어간다.

문제는 상속을 포기한 아버지가 법정대리인으로서 그 상속도 포기했어야 했다는 것이다.

하지만 그는 어째서인지 아들의 상속 포기를 하지 않았고, 그 결과 고인의 손주는 어마어마한 빚을 질 수밖에 없게 된 것이다.

"기록 보니까 답 나오네."

할아버지의 재산보다 빚이 더 많았기에, 상속 포기 기간이 지나 그걸 갚아야 하게 된 아이는 미쳐 버릴 수밖에 없었다.

아직 사회에 나가지도 않았는데 빚이 무려 20억이나 되었으니까.

"물려받은 저 집도 압류 상태고."

압류 상태라는 건 언제든 경매로 팔릴 수 있다는 뜻이지만 현실적으로 그렇게 쉽게 팔리지는 않는다.

일단 법원에서 매각 결정이 내려지는 시간을 생각하면 못해도 5년에서 6년은 걸릴 것이다.

"그사이에는 충분히 쓸 수 있지."

압류가 되었다는 것과 수도와 전기가 끊어졌다는 것은 전혀 다른 문제니까.

"그럼 그곳에 있을 가능성이 높겠네."

그렇게 사회에서 제대로 대응하지 못하고 인생이 망가진 사람이라면 더더욱 악마 숭배자가 될 가능성이 높아진다.

"딱히 문제없이 돌입할 수 있겠지?"

"흠……."

노형진은 고민하는 눈치였다.

물론 여기는 한국이고 총기 안전 국가다.

저들이 아무리 노력했다 해도 총기가 있을 것 같지는 않다.

만구파의 경우는 특수한 경우였고 저들은 오래 있지도 않았으니까.

"하지만 집단 자살을 하거나 할 수는 있겠지."

"집단 자살? 끄응."

가스를 틀어 놓고 폭사하거나 독극물을 함께 먹어서 죽거나 한다면 그 책임은 온전히 검찰의 것이 된다.

사람들 생각에는 집단 살인자 놈들이 자살을 하든 말든 상관없는 일이겠지만, 아니 도리어 좋아하겠지만 사법부라는 특성상 대상이 자살하게 둔다면 나중에 책임의 소재가 애매해진다.

"그러면 어쩌지?"

"어쩌긴. 간단하게 가야지."

"간단하게?"

"러시아식 자살 방지를 시키자고."

아주 간단하게 대답하는 노형진이었다.

러시아식 자살 방지란 인터넷에서 나온 영상에서 유래한 별명이다.

누군가 자살하려고 시도했는데 러시아에서는 그를 설득해서 자살을 포기시킨 게 아니라 경찰이 두들겨 패서 자살할 기회를 빼앗아 버렸다.

정작 자살하려고 하던 자는 두들겨 맞아서 병원에 입원하는 꼴이 되었다.

노형진이 그런 농담 아닌 농담을 한 건 정말로 방법이 간단했기 때문이다.

부아아앙!

엄청난 속도로 달려들어 가는 차량.

그 차량을 멍하니 보고 있던 악마 숭배자들은 아차 싶었다. 그리고 어쩔 줄 몰라 했다.

“저항해! 싸워!”

사무엘 핸슨이 마침 바깥에 있다가 고래고래 소리를 질렀지만 여기에 있는 대부분은 나이가 어린 아이들이었다.

그러니 그런 고함 소리에 고취되어 싸울 수 있을 리가 없었다.

"잡아!"

"아악!"

차에서 내린 경찰들은 주저하지 않고 몸을 날려서 아이들을 제압했다.

줄줄이 들어온 차에서 튀어나온 경찰은 여기에 있는 사람들의 몇 배나 되는 숫자였고, 아이들은 다급하게 도망가려다가 결국 잡히거나 좀 멀리 있더라도 스턴건에 맞아서 쓰러졌다.

"목숨을 바알 님께 바쳐라!"

다급한 상황에서 사무엘 핸슨은 자살하라며 소리를 질렀지만 그 말에 따르는 사람은 하나도 없었다.

"바알 님께 영혼을 바치란 말이다! 어억!"

그렇게 소리를 지르던 사무엘 핸슨은 갑자기 날아온 발 차기에 그대로 바닥을 나뒹굴었다.

"너 혼자 해, 이 새끼야."

그에게 발 차기를 날린 사람은 오광훈이었다.

이어서 오광훈은 사무엘 핸슨의 멱살을 잡아 끌어내고는 그대로 수갑을 채웠다.

와장창!

그러는 사이에도 혼란은 계속되고 있었다.

다른 경찰들이 창문을 부수면서 들어가, 정신 못 차리고 있던 악마 숭배자들을 제업하기 시작한 것이다.

"아악."

"놔라! 바알 님께서 네놈들을 용서치 않으리라!"

일부는 저항하면서 그래도 헛소리를 했지만, 대부분은 뻔한 소리였다.

"살려 주세요. 살려 주세요."

"잘못했어요!"

질질 끌려 나오는 아이들.

뒤에서 다가오던 노형진이 그런 아이들을 보고 혀를 끌끌 찼다.

"뭐 이렇게 간단해?"

"아니면 뭐, 미국에서처럼 막 총격전이 벌어지고 그럴 줄 알았냐? 여기 한국이야. 총 구하는 게 쉽겠냐?"

"아니, 진짜로 자살을 하거나 그럴 줄 알았지."

노형진은 피식하고 웃었다.

"자살? 우리가 시간을 끌었다면 진짜로 벌어졌을걸."

"시간을 끌었다면?"

"그래. 자살이 쉬운 줄 알아?"

극단적 사이비 종교를 제압하다 보면 종종 집단 자살 사건이 벌어진다.

그런데 거기에는 한 가지 공통점이 있다.

그 대상을 한 번에 제압하지 못하고 시간을 끌었을 경우라는 것.

어쩔 수가 없다.

미국 같은 경우는 총기 자유국이라 저쪽에서 총질을 시작하면 쉽게 접근할 수가 없다.

"자살은 결국 자기 선택이야. 하지만 자살하고 싶어 하는 거랑 실제로 자살하는 건 전혀 다르거든. 말이 자살이지, 사실 타인에 의한 타살에 가까워."

자살하는 사람들은 많지만 실패하는 사람들은 더 많다.

생각보다 자신의 목숨을 끊는다는 것은 극도로 어려운 일이다.

"하물며 이런 곳에 숨어 있는 애들이 자살하려고 모인 거겠어?"

말로는 그럴지 몰라도 마음 한구석에서는 그걸 거부한다.

"그런데 포위하고 시간을 끌면 사무엘 핸슨 같은 놈들이 설득하지."

좋게 말하면 설득, 나쁘게 말하면 협박해서 자살로 몰고 가는 것이다.

심리적으로 제압된 사람은 가해자가 시키는 대로 할 수밖에 없다.

"하지만 이렇게 갑자기 몰아치면 정신 차릴 수가 없지."

자살 시도는 극단적이고 또 심각한 행위다.

물론 욱하는 감정에 하는 경우가 없는 건 아니지만, 지금 같은 경우는 해당되지 않는다.

그러니 갑자기 들이닥친다면 겁먹고 자살을 시도할 놈은

거의 없다고 봐도 무방하다.

"도리어 우리가 포위하고 투항을 설득했으면 자살을 선택하는 놈들이 많았을걸."

"그랬겠네."

질질 끌려 나가는 아이들. 대부분은 나이가 어렸다.

"그나마 다행히 아이들이 많지 않네."

사무엘을 포함해도 그 숫자는 고작 여덟 명뿐이었다.

사무엘이 포섭한 사람이 그다지 많지 않다는 걸 의미한다.

"자, 그러면 시작하자고."

"끄응."

어쩔 수 없다는 듯 쓰게 웃은 오광훈은 구석에 있는 사무엘에게 다가갔다.

"여어, 사무엘. 보고 싶었어."

"놔라!"

"아니, 놓고 자시고를 떠나서 넌 범인, 난 검사."

"바알 님이 네놈을 용서할 것 같으냐?"

"아, 미국에 있는 놈들도 비슷한 소리를 한 것 같은데 나는 멀쩡하더라고."

그러자 멍하니 있던 사무엘 핸슨이 갑자기 눈이 돌아가서는 오광훈에게 달려들었다.

"이놈!"

그런데 오광훈은 그걸 막지 않고 그대로 부딪혀서 바닥에

쓰러졌고, 그런 오광훈에게 사무엘 핸슨은 미친 듯이 발길질하기 시작했다.

"이 개새끼! 개자식!"

주변에 있던 경찰들은 너무 당황해서 순간 얼어붙었다가 다급하게 달려들어서 사무엘 핸슨을 끌어냈다.

"이 새끼 뭐 하는 거야!"

"야, 잡아!"

강제로 닭장차까지 끌려가 구속된 후에도 사무엘은 화가 안 풀려서 고래고래 소리를 질렀다.

"바알 님이 네놈을 저주할 거다! 저주할 거야!"

"응, 꺼져."

오광훈은 일어나면서 스윽 몸을 털었다.

그런 그의 코에서 피가 흐르자 옆에 있던 다른 검사가 그에게 어이가 없다는 표정으로 물었다.

"아니, 왜 그걸 그냥 두들겨 맞으세요?"

검사는 나름의 격투 훈련을 한다.

상대방이 멀쩡한 상태도 아니고 뒤쪽으로 수갑을 찬 상태에서 덤볐다면, 어지간한 검사라면 별 고생 하지 않고 제압할 수 있다.

그런데 오광훈은 아무리 갑자기 달려들었다지만 바닥에 쓰러져서 허무할 정도로 쉽게 발길질을 당했다.

"증거가 없잖아."

"네?"

"저놈이 살인했다는 증거가 없잖아. 구속영장이 나오기 쉽겠어?"

"아……."

저놈이 악마 숭배자라는 증거는 많다.

하지만 악마 숭배자라고 해서 무조건 처벌할 수는 없다.

당연히 상대방 변호사는 그걸 걸고넘어질 것이다.

"조사할 시간을 벌기 위해서는 저놈을 잡아 놔야 해."

구속영장을 청구할 수도 있지만 그게 확정될지 안 될지도 모른다.

"하지만 이제는 확실하게 잡아 둘 수 있지."

다른 사람도 아니고 검사를 두들겨 팼다.

사방에 경찰이 바글바글하니 증언도, 증거도 충분하다.

"이 정도면 충분히 구속이랑 실형 안 나오겠어?"

당연히 나올 테고, 그만큼 사건을 추적할 시간을 벌 수 있다.

"아아…… 역시 부부장검사님답네요."

그 부분은 생각하지 못한 건지 검사는 고개를 격하게 끄덕거렸다.

'노형진이 그렇게 하라고 한 거지만.'

그렇게 속으로 생각을 삼키며 오광훈은 긴 한숨을 쉬었다.

시간은 벌었지만 아직 증거는 없었다.

⚖

아니나 다를까, 사무엘 핸슨은 입을 꾸욱 다물었다.

관련자들 역시 입을 꾸욱 다물었고, 그들이 고용한 변호사들조차도 무조건 묵비권을 행사하라면서 그들을 보호했다.

그 모습을 보면서 노형진은 저절로 한숨이 나왔다.

"이거 생각보다 일이 심각한데."

"왜?"

"보통 이런 상황이라면 누구 한 명은 배신자가 나오기 마련이거든."

여덟 명. 그들 중 최소한 한 명은 살인에 대해 고백하면 그 고백을 증거 삼아서 수사를 진행하는 것.

그게 바로 일반적인 과정이다.

"그런데 저들 중 누구도 말을 하지 않고 있잖아. 그건 결국 저 여덟 명이 모두 직접적으로 살인에 관련되었다는 거지."

"아!"

그 말은 희생자가 최소한 여덟 명은 된다는 소리다.

단순히 구경만 했거나 거리를 뒀던 거라면 이미 입을 나불거렸을 테니까.

"하지만 누구도 말을 하지 않고 있어. 결국 모두 다 살인에 관련되었다는 거지. 미국에서도 그랬잖아."

포섭한 인물의 복수를 위해 대상을 납치해 주면 그 살인을 하는 것은 다름 아닌 피해자 자신이다.

그렇게 함으로써 공범으로 만들어 벗어나지 못하게 하는 것이다.

"어? 그러면? 잠깐만, 증거가 있다는 거 아니야?"

오광훈은 그 말을 곱씹다가 말했다.

살인했다면 분명 그걸 증거로 남겨야 나중에 협박이 가능하다.

"그렇겠지. 그 증거가 있다면 말이지."

하지만 저들은 절대 입을 열 생각이 없었다.

'기억을 읽자니 이제는 내가 나설 타이밍이 아니고.'

이미 체포당했는데 들어가서 사무엘 핸슨의 기억을 읽을 수는 없다. 자신은 그의 변호사가 아니니까.

"아마도 영상 같은 걸 남겨서 협박용으로 쓸 가능성이……."

말을 하던 노형진은 순간 자리에서 벌떡 일어났다.

"잠깐만. 그 영상을 우리가 굳이 찾을 필요 있어?"

"당연히 찾아야지. 그래야 처벌을 하지?"

"아니, 내 말은, 그걸 촬영한 기계를 생각해 보자 이거지."

"촬영한 기계?"

이해가 안 가는 표정이 되는 오광훈.

"잠깐만 같이 어디 좀 가자."

노형진은 바로 오광훈을 데리고 어떤 회사를 찾아갔다.

자신의 생각이 맞다면 이건 생각지도 못한 해결책이 될 것이다.

⚖

그렇게 찾아간 회사는 다름 아닌 디지털 복구 회사였다.

"삭제 이후에 복구요? 그거야 가능하기는 하지요."

고개를 끄덕거리는 직원.

"그러면 핸드폰은요?"

"마찬가지입니다. 결국 핸드폰 내부 저장 시스템도 똑같으니까요. 저희 업무의 대부분이 그런 쪽이고요."

"핸드폰? 이미 그건 안 된다고 했잖아."

당연히 범인들의 핸드폰은 모조리 압수한 상황.

그러나 예상대로 그들은 핸드폰을 모조리 오픈이 불가능한 특정 회사의 것으로 바꾼 후였다.

"미국에서는 지문을 외부에서 얻어서 열었잖아."

"하지만 지금은 그게 불가능하잖아?"

물론 외부에서 지문을 찾고 있지만 핸드폰에 인식시킬 정도로 매끈한 지문을 찾는 것은 절대 쉬운 일이 아니었다.

그래서 한국의 검찰은 방법을 찾지 못하고 있는 상황.

"그런데 말이야, 아예 삭제하고 복구하면 어때?"

"응?"

"생각해 봐. 범죄 증거를 삭제하는 놈들이 어디 한두 명이야?"

당연히 그 숫자는 어마어마하기에 그 자료들을 복구하는 방법은 다 있다.

특수한 방식의 삭제가 아니라면 디지털 포렌식 방법을 통해 거의 대부분은 복구할 수 있다.

"그런데 우리는 핸드폰을 못 열고 있잖아."

"그렇지."

"핸드폰의 저장 장치를 비우면 당연히 패턴도 지워지지. 그러면 그걸 디지털 포렌식으로 복구하면?"

"어……."

오광훈은 그동안의 기억을 더듬었다.

그리고 그제야 깨달았다.

"그러고 보니 검찰 측에서 그걸 비웠다가 복구한 적은 없네."

"검찰과 경찰은 당연히 증거를 보존하려고 하거든. 삭제라는 건 증거를 훼손하는 행위니까."

당연히 기존의 규칙에 따르면 절대 해서는 안 되는 일이다.

"하지만 과학적인 방법에 따르면 그게 불가능한 건 아니거든."

범인이 삭제를 하나 검찰이 삭제를 하나, 자료가 삭제되는 효과는 똑같다.

"그리고 그걸 복구하는 것은 충분히 가능한 일이지. 그렇게 복구한 자료가 기존에 있던 자료와 다를까?"

"그럴 리가 없지!"

만일 그랬다면 지금까지 범인들이 삭제했다가 검찰이 복

구한 모든 자료들은 증거로 인정되지 않아야 한다.

하지만 그건 복구해서 증거가 되었고, 법원에서도 기술적으로 복구된 자료들에는 충분히 증거능력이 있다고 인정했다.

"삭제 후 복구라……."

오광훈은 눈을 크게 떴다.

"법리적으로 그게 가능할지 모르겠지만……."

그게 가능하다면 지문을 얻기 위해 주변을 뒤지거나 패턴을 알아내기 위해 상대방을 어르고 달랠 필요가 없다.

그냥 지웠다가 복구하면 된다.

"와, 미친. 왜 그걸 생각을 못 했지?"

눈을 동그랗게 뜨고 말하는 오광훈.

"그거 가능한 거 맞지요?"

오광훈은 직원을 붙잡고 확실하게 물었다.

"네. 일반적인 삭제라면 100% 가능하다고 보시면 됩니다. 물론 특수 과정을 거치거나 자성 물질로 저장 장치 자체를 박살을 내는 거라면 불가능하겠지만요."

하지만 검찰에서 미치지 않고서야 그런 방법을 쓸 리가 없다.

"이번 사건뿐만 아니라 대부분의 사건에서 써먹을 수 있겠는데?"

사실 켕기는 게 없다면 핸드폰을 공개하는 건 그다지 어려운 문제가 아니다. 일단 법적으로 관련이 없는 걸 검찰이 공개할 수는 없으니까.

즉, 핸드폰을 감춘다는 것 자체가 걸리는 게 있다는 거다.

“네 덕분에 검찰이 엄청 편해지겠어.”

오광훈의 입에서는 미소가 떠날 줄 몰랐다.

⚖

얼마 후 법원에서는 해당 사실에 대해 공인된 기업이나 연구소에서 한다면 인정할 수 있다는 답신을 보냈다.

과학적으로 그 과정들이 인정받은 상황이기에 그건 어렵지 않은 일이었다.

당연히 오광훈은 바로 제대로 된 회사를 통해 한번 지웠다가 복구하는 식으로 파일을 열었다.

–살려 줘…… 살려 줘.

노숙자로 보이는 남자와, 그 남자에게 다가가는 또 다른 남자의 모습.

얼굴도 몸도 가렸다지만 절뚝거리는 모습까지 감출 수는 없었다.

“여덟 명 중에서 다리를 저는 사람은 너밖에 없거든.”

명백한 증거를 손에 넣은 오광훈은 눈앞에 있는 놈을 보면서 미소를 지었다.

"이미 키나 체형에 관한 과학적 계측도 끝났지. 어떻게 생각해, 백주광?"

백주광이라고 불린 사람은 아무 말도 하지 못했다.

설마 이 영상이 나올 줄은 몰랐으니까.

"머리는 잘 썼어. 영상을 찍어서 벗어나게 하지 못하게 하다니."

피해자는 보통 노숙자들이었다.

밥 또는 일자리를 준다는 말에 넙죽 따라온 사람들.

"사람을 돌아가면서 죽여서 절대 벗어나지 못하게 하다니 말이야."

물론 핸드폰에 그 영상을 저장하지는 않았다.

그들은 핸드폰이 털릴 가능성을 생각해서 무조건 외장 하드에 저장했다.

당연히 촬영한 영상은 삭제했고.

"하지만 디지털 포렌식 방식을 쓰면 거의 대부분은 복구할 수 있거든."

그렇게 나온 영상만 해도 총 열다섯 개였다.

즉, 이들은 최소한 열다섯 명의 사람을 제물로 바친 것이다. 현재까지 말이다.

"다른 사람의 핸드폰도 지금 복구 중이지. 과연 몇 명의 사망자가 나올까? 그리고 너희들에 대한 처벌은 어떻게 될까?"

백주광은 이를 악물었다.

그리고 그 옆에 있던 변호사는 곤란한 표정으로 말했다.

"저는 사건의 수임을 포기해도 될까요?"

"미국에서 훈장 받으러 오라는데?"

얼마 후 노형진이 일하는 사무실로 오광훈이 찾아왔다.

"웬 뜬금없는? 아니다, 그때도 준다고 했구나."

"우리 쪽에서 찾은 방법 있잖아. 그걸로 관련자들 핸드폰을 대대적으로 복구했는데 감춰진 신도가 더 나온 모양이야."

"헐."

노형진이 미국에서 올 때 확인한 것은 오로지 소피 베리의 핸드폰뿐이었다.

다른 사람들은 지문을 얻지 못해서 결국 오픈하지 못하고 있었는데, 오광훈이 사건과 관련해서 해당 방법을 알려 주자 미국도 바로 그 방법으로 복구를 시도한 결과 적지 않은 수의 숨겨진 신도들을 찾을 수 있었던 것이다.

"심지어 살인 현장 영상이나 사진도 있고."

그들은 자신들이 걸리지 않을 거라 생각해서 그렇게 사진을 찍은 모양이지만, 이제는 돌이킬 수 없는 상황이 되어 버렸다.

"그 멍청한 놈들 덕분에 우리는 편해졌고."

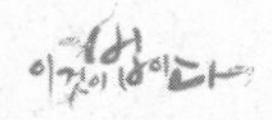

"하지만 사건은 끝난 게 아니지."

악마 숭배자들은 자생적으로 늘어난다.

그걸 막기 위해 한국에서도 전담 팀을 만든다지만 과연 얼마나 가겠는가?

아마 얼마 가지 않아서 흐지부지되고 사라질 게 뻔했다.

"결국 감시는 우리가 해야지."

"제3의눈?"

"그래. 현상금을 걸 거야."

제3의눈은 악마 숭배자라는 증거를 가지고 오는 경우 익명을 보장하며 현상금 5천만 원을 주기로 했다.

"악마 숭배자들은 사정이 급해서 사회에 불만이 많은 사람들을 대상으로 영입 시도를 하니까."

그런 사람들에게 현상금 5천만 원은 절대 적은 돈이 아니다.

당연히 악마를 숭배하면서 살인자가 되기보다는 실익이 되는 돈을 선택하게 될 것이다.

"이거야 원. 나라가 너 하나 덕분에 제대로 돌아가는 것 같다."

"부정은 못 하겠네."

회귀 전 나라가 얼마나 개판이었는지 알고 있었던 노형진은 씁쓸하게 웃을 수밖에 없었다.

범인은 없는 사건

노형진은 오랜 시간 변호사 생활을 했다.

회귀 전에는 미국에서도 활동했고 회귀 후에는 전 세계를 돌아다니면서 여러 사건들을 보아 왔다.

그런데 이번 사건처럼 황당한 사건은 처음이었다.

도무지 답이 보이지 않았기 때문이다.

"제가 안 죽였다니까요."

눈물범벅이 되어서 울고 있는 남자.

그는 살인의 죄목으로 잡혀 있었다.

"하지만 증인이 있습니다. 증거도 있고요."

"저는 모릅니다. 진짜예요. 억울해요."

"지금 억울하다고 해서 끝낼 사건이 아닙니다."

노형진은 박구한을 보면서 말했다.

"이건 사건을 뒤집을 수가 없어요."

"진짜로 제가 안 죽였다니까요."

"이봐요, 박구한 씨! 차라리 술을 마셨다거나 정신이상이 있다고 하세요. 저는 당신을 도와주기 위해 온 사람입니다. 그런데 저한테 자꾸 안 죽였다고만 하시면 무슨 의미가 있습니까?"

"진짜로 안 죽였어요."

'돌겠네, 진짜.'

자신은 억울하다고 외치는 박구한.

그러나 이번만큼은 노형진도 그를 편들어 줄 수가 없었다.

노형진이 의뢰인을 안 믿는다는 그런 문제가 아니다.

박구한이 피해자인 송하은을 죽이는 장면을 본 사람이 스무 명이 넘는 데다 한 대의 CCTV와 두 대의 차량 블랙박스에 그 상황이 각도별로 찍혀 있었으니까.

박구한은 송하은이 자신이 운영하던 학원에서 나오기를 기다리다가 차에서 내려서 다가가 무려 열 번이 넘게 칼로 찔러서 현장에서 사망하게 했다.

그 장면을 학원생들이 보면서 비명을 질렀고, 상당수가 심각한 트라우마를 가지고 정신과 치료를 받게 되었다.

"상황이 그런데 사람을 안 죽였다는 게 말이나 됩니까?"

"저는 안 죽였어……. 아니…… 기억이 안 나요."

자신이 아무리 안 죽였다고 주장해 봐야 너무나 명백한 증거가 있다.

증거만 있는 정도가 아니라 현장에서 잡혀서 개 처맞듯이 맞다가 경찰이 도착했을 때 그는 경찰서가 아니라 병원으로 가야 할 정도였다.

명백한 현행범.

"그런 상황인데 기억이 안 난다는 게 말이나 됩니까?"

"하지만…… 진짜 기억이 안 나요."

울먹거리면서 말하는 박구한.

"그날은 술을 마신 것도 아니고 다른 일이 있었던 것도 아니에요. 그냥 그 기억이 없어요."

"하아, 차라리 정신이상을 말하랬더니 바로 기억상실입니까?"

"미안합니다. 그런데 진짜 기억이 안 나요."

"그게 말이라고…… 끄응……."

경찰에서는 박구한이 송하은의 남편인 이광인에 대한 원한으로 송하은을 죽였다고 생각하고 있었다.

이광인은 박구한의 상관이었고, 박구한을 회사에서도 잘 챙겨 주는 사람 중 하나였다.

약간 어설픈 박구한을 잘 챙겨 주고 일도 가르쳐 주면서 보듬어 안은 게 바로 이광인이었다.

그런 둘 사이가 왜 틀어졌는지는 알 수 없지만, 박구한은 송하은이 일하는 곳으로 찾아가 그녀를 잔인하게 살해하는 것으로 복수했다고 생각하고 있었다.

당연히 박구한은 회사에서도 은혜도 모르는 천하의 개쌍놈이 되어 버렸다.

오죽하면 회사에서도 단 한 장의 탄원서도 들어오지 않을 정도였다.

일반적으로 사건이 벌어지면 탄원서를 써 주는 것이 보통인데 말이다.

"끄응……."

이번 사건은 새론의 순번제로 인해 배당된 사건이기에 노형진이 맡긴 했지만 사실 방어할 만한 거리가 없었다.

현행범을 어떻게 방어한단 말인가?

'반성한다고 하면 그걸로 어떻게 방어해 본다지만.'

하지만 박구한은 반성은커녕 모른다, 기억이 안 난다는 말로 계속 버티고 있는 상황이었다.

"박구한 씨, 내가 변호사로서 진지하게 말씀드립니다만 이런 식으로 계속 버티시면 현실적으로 괘씸죄에 걸립니다."

잘못했다고, 살려 달라고 해도 용서가 될까 말까 한 상황이다.

현장에서 절규하던 이광인을 보고 사람들은 가슴이 찢어지는 것 같았다고 했다.

그런데 잘못을 반성하기는커녕 이런 식으로 면피할 생각을 하다니.

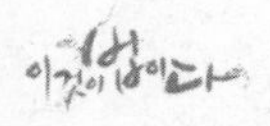

"제가 미친 걸까요? 그 순간 제가 미친 걸까요?"

"그럴지도 모르지요. 도대체 박구한 씨는 이광인 씨랑 무슨 안 좋은 일이 있었기에 송하은 씨를 죽인 겁니까?"

"없어요. 아무것도 없었습니다."

싸운 적도 없고 한 소리 들은 적도 없다.

사회생활을 잘 못하는 박구한을 실드 쳐 주면서 보호한 게 이광인이었다.

그런 그에게 고마움은 있었을지언정 불만이나 그런 건 전혀 없었다.

"진짜 저는 모릅니다, 흑흑흑."

그러면서 박구한은 눈물을 흘렸다.

노형진은 그런 그를 보고 착잡한 마음이 들었다.

이번 사건은 자신이 어떻게 할 수 있는 사건이 아니었지만 그렇다고 해서 모른 척할 수는 없었다.

'어쩔 수 없지.'

변호사라는 존재는 욕을 먹으면서라도 변론을 할 수밖에 없는 사람이다.

만일 그럴 수 없다면 그냥 변론을 포기하고 물러나야 한다.

'이 사람이 도대체 왜 죽였는지나 알아야지.'

그리고 그 원한의 이유가 정당하다면 아주 약간이나마 선처받을 수 있을지도 몰랐다.

아주 약간이나마 말이다.

"박구한 씨, 진정하세요."

그러면서 그의 손을 잡은 노형진은 박구한의 기억을 읽기 시작했다.

살인의 이유를 알아야 방어라도 할 수 있으니까.

'어?'

그러나 노형진은 당황할 수밖에 없었다.

'기억이 없어?'

기억이 있어야 하는 시점에 보이는 것은 오로지 어둠뿐이었다.

물론 현장의 기억은 있다.

차에서 나오는 순간, 그리고 대상에게 접근하는 순간, 칼을 찌르는 순간까지 모든 기억은 명확했다.

하지만 보이는 것은 그것뿐.

다른 기억, 그 순간의 감정, 생각 같은 건 오로지 어둠 속에 가려진 듯 하나도 없었다.

'뭐지? 이럴 수가 있나?'

살인이라는 극단적인 행동을 하는 시점에 사람이 아무런 감정이 없다는 건 말이 안 된다.

정확하게는, 사람은 어떠한 상황이라도 최소한의 감정과 생각은 가지고 있다.

설사 살인은 전혀 신경 쓰지 않는 사이코패스라도 최소한의 생각은 있다.

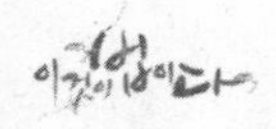

'다음에는 어디를 찔러야겠다.'라는 시행의 계획이라든가 그도 아니면 '오늘 저녁은 뭘 먹지?' 같은 황당한 생각을 할 수도 있다.

그러나 어떠한 생각도 없는 인간은 존재할 수가 없다.

'이게 무슨…….'

노형진은 당혹스러운 표정으로 박구한을 바라볼 수밖에 없었다.

⚖

"노 변호사, 표정이 왜 그래? 걸리는 게 있어?"

송정한은 오랜만에 노형진과 저녁을 먹으며 물었다.

"요즘 회사에 일이 많지도 않잖아? 그런데 표정이 거의 혼이 나갔는데?"

세상이 평화로워지면 소송은 줄어들 수밖에 없다.

오죽하면 특수 사건 전문인 노형진에게 일반 사건이 배당되겠는가?

물론 일반 사건이 넘쳐 나는 것은 어쩔 수 없지만 말이다.

"네? 아, 그냥…… 좀 꺼림칙한 사건이 있어서요."

"자네한테 뭐 꺼림칙한 사건이랄 게 있나?"

"박구한 씨 사건 말입니다. 좀 이상해서요."

"그게 뭔데?"

워낙 많은 사건이 있기에 모든 사건이 방송에 나갈 수는 없다.

당연히 박구한 사건도 그냥 묻혀 버리는 흔한 사건 중 하나일 뿐이었다.

“상관의 아내를 살해한 사건입니다. 현장에서 현행범으로 체포되었지요. 그런데 자기 말로는 기억나는 게 하나도 없다고 하더군요.”

“뭐야? 그런 거야 뻔한 거 아닌가? 상관에 대한 복수겠지.”

“그럴 이유도 없습니다. 상관은 잘 챙겨 줬거든요. 더군다나 기억을 못한다고 하니까요.”

“술 마시고 필름 끊어진 상태에서 살인한 건가?”

송정한의 질문에 노형진은 고개를 흔들었다.

“아니요. 전혀 아닙니다. 이미 확인해 봤습니다.”

살인 사건 당시 경찰은 그를 바로 병원으로 데리고 가야 했기에 병원에서 최소한의 검사를 했다.

그중에는 알코올이나 마약성 검사도 있었는데, 박구한은 전부 음성이 나왔다.

즉, 멀쩡한 상태였다는 거다.

“그게 무슨 말인가? 그러니까 멀쩡한 상태에서 살인을 했는데 기억은 못한다 이건가?”

“네.”

“뭔 말도 안 되는 소리야? 정신이상을 주장하려고 헛소리하는 거겠지."

벗어날 수 없는 상황에서 살인범들의 마지막 선택은 정신 이상이다.

그러니 그걸 위해 거짓말하는 경우는 아주 많다.

"그건 저도 알고 있습니다만."

노형진은 입술을 깨물다가 조용히 입을 열었다.

송정한은 그의 능력을 일부 아는 사람이다.

그러니 그걸 조금 바꿔서 이야기하면 된다.

"우연히 그의 기억을 읽었습니다."

"기억? 아…… 그래?"

송정한은 노형진이 랜덤하게 그 능력이 발휘된다고 알고 있다. 그러니 우연히 읽었다는 것에 대해 이상하게 생각하지 않았다.

"그런데 아무것도 없습니다."

"뭐? 그게 무슨 소리인가? 현행범이라며?"

"그 뭐랄까…… 현장에서 살인한 것은 부정할 수 없는 사실입니다. 그건 증언과 증거가 넘쳐 납니다. 하지만…… 아무것도 없습니다. 사람을 죽이는 순간에 어떠한 생각도 없었습니다. 마치 기계처럼요."

송정한은 눈을 찌푸렸다.

"그게 가능한가?"

"가능할 리가 없지요. 우연히 들어온 기억이지만 저도 그

부분이 이해가 안 가서 그럽니다."

"사이코패스 같은 건가? 아무런 감흥도 없이 사람을 죽일 수 있는 그런?"

"감흥이 없는 정도가 아닙니다. 아예 생각 자체가 없어 보였습니다."

"생각 자체가 없다고?"

"네, 그게 불가능한데, 어떻게 그런 건지 모르겠습니다."

최악의 경우 사이코메트리 능력에 문제가 생겼을 수도 있기에 노형진은 여러모로 찜찜한 상태였다.

"마치 잠든 사람을 보는 것처럼?"

"잠든? 아, 네. 그런 느낌일지도 모르겠네요. 저도 잠든 사람의 기억은 읽어 본 적이 없어서 모르겠지만요."

잠들면 생각이라는 게 없을 테니까.

물론 꿈 같은 건 꿀지 모르지만 노형진은 사이코메트리를 하면서 단 한 번도 꿈을 읽어 낸 적은 없다.

침대나 잠자리에 대한 사이코메트리 경험은 몇 번 있었지만 그 안에서도 꿈이 보인 적은 없었다.

"잠든 상태라…… 흠……."

송정한은 묘한 표정이 되었다.

"왜 그러십니까?"

"아니, 잠깐만 기다려 주게나. 뭐가 하나 생각나서 말이지."

"사건입니까?"

"그래, 사건이야."

노형진은 살짝 고개를 갸웃했다. 송정한이 자신처럼 사이코메트리 능력이 있지는 않으니까.

그런데 갑자기 사건이라니?

"잠깐만 기다려 주겠나?"

송정한은 옆에 있던 핸드폰을 들어서 검색을 시작했고, 얼마 지나지 않아서 뭔가를 꺼내 들었다.

"자네, 하드렙 사건이라고 아나?"

"하드렙요?"

"그래."

"모르겠습니다만."

"자네가 방송을 안 보니 잘 모르겠군."

노형진은 눈을 찌푸렸다.

확실히 그는 텔레비전을 볼 시간이 없어서 방송에 그다지 관심을 가지지는 않는다.

하지만 그것과 이번 사건이 무슨 관계가 있단 말인가?

"〈신비한 세상〉이라는 방송에 나왔던 건데, 딸내미가 좋아해서 본방 사수를 하는 방송이지."

"그 프로그램은 알고 있습니다. 장수 프로그램 아닙니까?"

세상의 여러 가지 놀라운 사실을 재현하는 방송이다.

물론 그중 상당수는 가짜이거나 헛소문이지만 말이다.

"거기에서 나왔던 사건이네. 하드렙은 그 당시 사건의 범인이었고.”

“범인요?”

“그래. 최면술을 통해 강도 살인을 저질렀던 사건이지.”

“네? 그게 가능합니까?”

“가능해. 실제로 있었던 사건이야.”

최면술사가 범인을 최면에 빠트려서 그로 하여금 강도 짓을 하도록 한 사건이었다.

그 당시에 범인이었던 하드렙은 강도 짓이 실패하자 두 명을 살해하면서 도주하다가 체포당했고, 사건을 수사하면서 최면에 걸렸다는 게 드러났다.

“살인요?”

“그래. 나도 그 사건을 보고 신기해서 한번 자료를 찾아본 적이 있지.”

그럴 수밖에 없는 게, 그 이전에는 최면을 통해 살인이 가능하냐는 문제에 대해 많은 논란이 있었기 때문이다.

“하지만 그 사건으로 가능하다는 것이 드러났네. 더군다나 찾아보니 의외로 그런 사건들이 많더군.”

“최면을 이용한 사건이 말입니까?”

“그래. 한국에서는 아직까지 그런 일이 없었지만 말이야.”

하지만 해외에서는 최면을 통해 강도 짓을 하는 사건이 종종 있었다고 한다.

물론 지금은 거의 벌어지지 않는 일이지만 과거에는 분명 존재한 사건들이었다.

"물론 사람들은 말도 안 된다고 할지도 모르지. 하지만 자네는 사람의 기억을 읽어 낼 수 있지 않나? 사이코메트리도 있는데 최면술이라고 없겠나?"

"으음……."

사실 틀린 말은 아니다.

사이코메트리는 사람들의 상상의 산물이라고 생각할 뿐 실제로 그 존재가 드러난 적은 없다.

하지만 최면술은 실재하며 그걸 이용한 쇼도 있다.

"그 당시 증언에 따르면 마치 잠든 느낌이었다고 하더군."

잠든 느낌. 잠든 것처럼 기억에 없는 일.

"어쩌면 최면술 때문일지도 모르겠군요."

"그래. 물론 억측일 수도 있지. 하지만 아예 기억이나 생각이 없었다면 그쪽일 수도 있어."

노형진은 그 말을 진지하게 받아들일 수밖에 없었다.

⚖

"최면술이라……."

노형진은 진지하게 송정한의 말을 곱씹었다.

생각해 보면 최면술은 미묘하다.

분명 존재하긴 한다.

하지만 과학의 영역은 아니며, 당연히 재판부에서도 그걸 인정하지 않는다.

“최면술이라는 게 진짜 효용이 있나요?”

최면술이라는 것에 흥미를 느낀 건지 고연미 변호사는 사건을 함께하겠다고 했고, 노형진은 고개를 끄덕거렸다.

도움을 받을 수 있으면 좋으니까.

“실제 효과는 있습니다. 다만 애매하지요.”

“애매하다고요?”

“그렇습니다. 아예 효과가 없는 것은 아니지만 그렇다고 해서 그게 진실인지 거짓인지 증명할 방법은 없거든요.”

노형진은 머리를 긁적거리며 말했다.

“예를 들면요?”

“예를 들면…… 아, 어떤 개그맨이 했던 말이 있네요. 최면술로 전생 체험을 하면 개나 소나 다 공주고 왕자라고.”

“응?”

“과거의 계급 비율을 생각하면 말도 안 되죠.”

과거에는 대부분이 농부일 수밖에 없다.

그나마 좀 나은 사람들이 영주 같은 지배계급이다.

“더군다나 죄다 공주고 왕자인데, 왕이나 여왕이 되었다는 사람들은 별로 없죠.”

“그러네요. 왕자나 공주면 왕이나 여왕이 되어야 하는 거 아닌가요?”

당연한 거다. 만일 후계를 얻지 못했다면 당연히 귀족 작위를 받아서 나가야 한다.

"더 웃긴 건 다 서양 기준이라는 거죠."

"아, 그러네."

지구의 절반은 동양이고 절반은 서양이다.

한때 동양의 인구가 서양보다 많았고 동양이 서양보다 더 뛰어난 시절도 있었다.

서양에서 칼 휘두를 때 동양은 화약 무기를 사용하고 있었으니까.

"역사책에서 보니 과거에 영주들을 보통 킹이니 어쩌니 불렀다고 하더군요. 그래서 왕자나 공주가 많을 수는 있지만, 동양 쪽 사람은 없지 않습니까?"

"그러네요. 동양 쪽은 그 시절만 해도 상당히 문명화되어 있었는데."

"그런 점 때문에 최면술은 믿을 만한 게 못 되는 거죠."

전생을 보는 게 아니라 내면에서 자신이 믿는 걸 말할 수도 있기 때문이다.

"하지만 그렇다고 해서 완전히 무시할 수는 또 없단 말이지요."

이번 사건처럼 최면술을 통해 범죄를 저지르는 사건이 존재하고, 최면술로 인한 사고도 있었다.

초보 최면술사가 최면을 걸고 못 풀어서 몇 시간 동안 학생들이 굳어 있었던 사건이 그중 하나다.

물론 반대로 최면술을 통해 과거의 기억을 꺼내서 사건을 해결한 적도 있었다.

"그걸 알기에 법원에서도 최면술을 인정하고 있고요."

"네? 그게 무슨 말이지요? 법원에서 최면술을 인정한다고요? 그런 소리는 처음 들었는데요?"

"정확하게는 법최면이라고 있습니다. 이게 입장이 좀 미묘한데, 최면술의 존재는 인정하지만 반대로 최면술의 결과는 인정하지 않는다고 할 수 있지요."

"법최면요?"

"아마 잘 모를 겁니다. 대부분 말도 안 하고 알려 주지도 않으니까요. 저도 이번 사건에서 확인하다가 알았습니다만."

한국은 법최면을 1999년에 인정했다.

물론 그 최면으로 인해 나오는 결과에 대한 법적인 인정은 아니다.

"정확하게는 정보의 통로로써의 인정인 거죠."

가령 증인이 뭔가를 봤다고 하는 경우 그게 최면술로 나온 결과라면 그건 인정되지 않는다.

하지만 경찰에서 그러한 정보를 바탕으로 수사해서 증거를 찾아내거나 하면 그건 인정한다는 거다.

"법률적인 과정에서 증거의 불법적 취득 여부는 중요하기는 하지요."

"그런 게 있었군요."

일반인들이 보기에는 어차피 결정적 증거인데 무슨 상관이냐 할지도 모르지만, 법정에서는 불법적으로 얻어진 증거에 대해서는 법적인 증거능력을 인정하지 않기에 법최면을 통한 증거 수집은 과정에 있어서 중요한 요소 중 하나다.

"물론 아까 말씀드린 곡해의 문제가 있기 때문에 고소인이나 피고인에 대한 사용은 인정되지 않습니다."

법최면은 오로지 목격자에게만 인정된다.

사실 피고인에게 법최면은 인정할 수가 없는 게, 최면을 걸어서 죄를 인정하게 할 수도 있는 일이니까.

반대로 고소인이라면 최면에 걸리지 않았는데 걸린 것처럼 행동하면서 죄를 말할 수도 있는 문제인지라 오로지 목격자만, 그것도 최면을 통해 다른 증거를 얻을 수 있는 경우에만 인정한다.

"그런데 이해가 안 가는 게 있는데요. 그 최면이라는 게 그렇게 쉽게 걸리는 거예요? 살인을 저지를 정도로 강력한 최면이?"

"저도 그 기록이 재미있더군요. 일반인이라면 그렇게 쉽게 걸리지 않습니다."

"일반인이라면?"

"박구한 씨가 한 말이 있지요, 스스로도 어수룩하고 제대로 사회생활을 잘 못했다고. 그래서 그걸 보호해 준 게 이광인이라고."

"네, 그랬지요."

"그게 지능이 낮았다는 증거일 수도 있습니다."

고연미는 눈을 찌푸렸다.

"멀쩡해 보이던데요. 이야기도 잘하고."

"저는 경계선 지능이 아닐까 하고 의심하고 있습니다."

"경계선 지적 지능요?"

"네."

경계선 지적 지능이란 지적장애보다는 높지만 평균보다는 낮은 인지능력을 갖춘 사람을 뜻한다.

낮은 사회성이나 인지능력 등 여러 가지 조건을 만족해야 경계선 지적 지능으로 판정받을 수 있는데, 그중에는 아이큐도 있다.

경계선 지적 지능은 평균적인 아이큐인 85와 지적장애로 분류되는 아이큐인 70 사이에 속하기 때문이다.

말 그대로 딱 정상과 비정상의 경계 지점에 있다는 의미에서 경계선 지적 지능이라고 부르는 것이다.

"일반적인 사회생활은 할 수 있지만 대부분이 약간 어리숙하고 사회에 적응을 잘 못합니다. 이해도가 떨어져서 배우는 것도 좀 느리고요."

"무슨 뜻인지 알겠네요. 그런 사람들이 최면에 잘 걸린다는 건가요?"

"그건 잘 모르겠습니다. 저는 최면술사가 아니니까요. 하지만 최면술 최초 살인 사건의 기록을 보니 그가 경계선 지적 지능이 아닐까 싶더군요."

그 당시 기록에 보면 그는 사회에 적응하지 못하고 약간 어리숙하게 행동했다고 한다.

"그 당시에 그가 최면술사를 만난 곳은 감옥이었습니다."

"감옥요?"

"네."

"감옥에 왜 간 거죠?"

"그 당시에 그는 동네 형들을 따라다니면서 일을 도와줬는데, 그들이 나치였다고 하더군요."

"아……."

"정상적인 지능이라면 아무래도 그 부분에서 걸러지겠지요."

만일 정상적인 지능을 가지고 선택했다면 나치당원이 되었을 테고, 비정상적인 사람이었다면 아예 장애인 취급받아서 가스실로 끌려갔을 것이다.

그 당시 나치는 지적장애인들 역시 죽였으니까.

"그 당시에는 경계선 지적 지능이라는 인식이 없었으니까 확인할 수는 없지만요."

하지만 노형진의 예상대로라면 경계선 지적 장애를 가졌을 가능성이 높은 박구한은 역시 최면술의 대상이 되기 쉽다는 의미이기도 하다.

"일단은 그에게 지능검사를 한번 해 보는 게 좋을 것 같습니다."

좀 뜬금없는 방어 전략이지만 현실은 어쩔 수 없었다.

⚖

경계선 지적 장애 검사는 일반적으로 잘 하지 않는다.

그 경계에 있는 사람들은 어느 정도 사회생활을 할 수 있기 때문에 장애가 있다고는 생각도 못 하기 때문이다.

그러나 노형진은 박구한을 검사했고, 검사 결과는 예상대로였다.

"역시나…… 경계선 지적 지능이군요."

검사 결과, 아이큐가 78이 나왔다.

사회생활은 가능하지만 어리숙하고 제대로 못하던 이유가 나온 것이다.

"그걸로 방어가 가능해요?"

"그게 문제입니다. 경계선 지적 지능은 장애이기는 하지만 감형 사유는 안 되거든요."

약간 멍청하다 정도이지 사회생활을 못하거나 남이 시키는 대로만 하는 수준은 아니다.

그렇다 보니 감형의 대상이 될 수가 없고 법대로 처벌받는 수밖에 없다.

"하지만 최면술에 걸릴 수 있는 가능성이 높아졌다는 건 확실하지요."

노형진은 결과지를 보며 말했다.

"하지만 그 최면술이라는 게 그렇게 쉽게 배워지나요?"

"그게 문제인데요."

노형진은 긴 한숨을 내쉬었다.

"그게 그렇게 쉽게 배워지는 게 아니라서요."

상식적으로 사람의 정신을 터치하는 행동이 그렇게 쉽게 될 리가 없다.

물론 정해진 프로토콜에 따라 과정을 거치고 해서 비슷한 과정으로 따라 할 수는 있다.

"하지만 박구한은 그런 걸 당한 기억이 없거든요."

최면술에서 흔하게 쓰는 시계를 흔든다거나 동전을 흔든다거나 하는 것은 당한 적이 없다고 명백하게 기억하고 있다.

물론 그 기억마저도 최면술로 삭제되었을 가능성은 분명 존재하지만 말이다.

"그러면 일반적인 행동을 통해 최면술을 써먹었다는 건데, 그건 엄청나게 힘든 전문가의 영역입니다."

"네? 하지만 최면술 학원 같은 건 의외로 많던데요."

인터넷에서 최면술이라고 치면 최면술에 대해 강의하는 곳이나 해 주는 곳이 많이 나온다.

심지어 자격증을 따기 위해 교육해 주는 곳도 있다.

"수준의 차이지요."

운전면허 학원에서 운전면허를 땄다고 해서 F1그랑프리에 출전할 수는 없다.

"그런 인터넷상에 나오는 곳들 중 진짜 전문적인 곳은 없을 겁니다. 아마도 대부분 민간 자격증을 얻는 수준이겠죠."

"아아."

민간 자격증은 민간에서 발급하는 자격증이다.

자격증은 국가에서 관리하는 것과 민간에서 관리하는 종류 두 가지가 있는데, 민간에서 관리하는 경우는 그 자격증에 대한 믿음이 좀 떨어지는 편이다.

그럴 수밖에 없는 게, 허가제가 아닌 신고제로 운영되기 때문에 새로운 단체를 만들어서 새로운 자격증을 발급해 주면 그만이기 때문이다.

실제로 많은 회사들이 취업을 미끼로 그럴듯한 자격증을 만들어서 수업을 듣도록 한다.

책값을 받고 교육료도 받아서 자격증을 취득하게 하지만, 현실적으로 그게 진짜로 취업에 도움이 되는 경우는 그다지 많지 않다.

"최면술 역시 그런 거죠."

최면술은 규칙이나 검증할 수 있는 방법이 없다.

그렇다 보니 국가에서는 그걸 관리하기 위한 국가 자격증을 만들지 않았고, 몇몇 최면술 단체가 민간 자격증으로 운영하고 있는 것이 현실이다.

"물론 그런 곳에서 최면술을 가르쳐 주기는 할 겁니다. 하지만 심도 높은 교육은 힘들죠."

그런 곳에서 가르쳐 주는 최면술은 기본적으로 상대방이 완전히 방심하거나 편안한 상태에서 하는 것이다.

"하지만 박구한은 그런 기억이 없다고 했습니다. 그리고 사람을 죽이는 정도의 최면술이 그렇게 쉽게 이루어질 거라고 보기는 힘들고요."

최면술이 뭐든 다 시킬 수 있는 무슨 마법 같은 거라면 아마 엄청나게 흥했을 것이다.

하지만 그게 안 되기 때문에 결국 주류가 되지 못한 것이다.

"하긴 그게 가능했다면 아주 개판이 되었겠네요."

아마도 최면술 학원은 범죄자들로 바글거렸을 것이다.

"문제는 대한민국 법원을 어떻게 설득하느냐죠."

대한민국에서는 단 한 번도 최면술을 이용한 범죄가 없었다.

한국의 재판부는 극단적으로 보수적인 것으로 유명하다.

물론 지금은 많이 개혁되고 상부가 물갈이되면서 많이 정리되었지만, 그렇다고 해서 그 성향이 바뀐 것은 아니다.

부패한 것과 보수적인 것은 전혀 다르니까.

"하긴 한국의 재판부라면 쉽게 최면술을 인정하지는 않을 거예요."

최면술을 통해 조종당한 거라는 걸 인정받지 못한다면 당연히 처벌이 떨어질 수밖에 없다.

"그리고 다른 문제는, 도대체 누가 살인을 유도했느냐는 겁니다."

최면술까지 걸어 가면서 송하은을 죽인 게 누군지 알지 못한다는 것. 그건 심각한 문제다.

적이 없는데 어떻게 싸우란 말인가?

"일단은 하나씩 해결해 보죠. 한국에 최면술 전문가가 있나요?"

"일단 한 명이 있기는 있습니다."

고연미의 말에 노형진은 고개를 끄덕거렸다.

"그의 도움을 한번 받아 볼 생각입니다."

심정상. 한국의 심리학자이자 심리학과 교수이며 동시에 최면술 전문가이기도 하다.

그는 노형진의 말에 상당한 흥미를 느끼면서 당연히 도와주겠노라고 했다.

최면술을 통한 살인은 흔하지 않은 일이니까.

"다음 논문 주제로 적당하겠네요. 허락해 주셔서 감사합니다."

심정상은 박구한을 보면서 싱글거리며 웃었다.

아무래도 당사자의 허락을 받아야 논문을 쓸 때 편하니까.

완전히 외부의 시선으로 쓰는 것보다는 피실험자의 시선이 있으면 더욱 충실해질 수 있는 법이다.

"그런데 제가 최면술에 걸린 게 사실인가요?"

"노 변호사님은 그렇게 생각하시네요."

노형진을 바라보면서 심정상이 말했다.

"그나저나 감옥에 있으면 여러 가지로 힘드시죠?"

"힘들어요."

지능이 떨어지는 그를 범죄자들이 만만하게 보고 괴롭히는 건 당연한 일이었다.

"아마 과일도 못 드실 텐데."

"그런 건 꿈도 못 꾸죠."

"제가 과일을 좀 가지고 왔습니다. 아, 칼은 없어서 그냥 통째로 가지고 왔습니다. 칼은 반입 금지여서요."

그러면서 도시락 통을 꺼내서 뚜껑을 열고 건네는 심정상.

"사과입니다. 아주 맛있을 겁니다."

"아, 저 사과 좋아합니다."

사과라는 말에 도시락 통 안에 있던 걸 꺼내서 한입 베어 무는 박구한.

"무척 다네요. 요즘 사과 철도 아닌데."

"어?"

그러나 노형진은 그걸 보고 어이가 없어서 말문이 막혔다.

"교수님, 저거……."

"쉿."

심정상은 노형진이 뭐라고 하려고 하자 말리며 박구한의 행동을 지켜보았다.

박구한은 그걸 아주 꼭꼭 씹어 먹으면서 행복한 미소를 짓고 있었다.

옆에 있던 고연미는 그 모습을 보다가 황당하다는 표정으로 노형진에게 작게 물었다.

"저거 아무리 봐도 양파 아니에요?"

"양파 맞는데요."

박구한이 먹고 있는 건 껍질을 벗긴 양파였다.

물론 크기도 사과와 비슷하고 식감도 비슷할지 모르지만, 어떻게 사과와 양파가 맛이 같을 수 있겠는가?

그럼에도 불구하고 박구한은 그걸 맛있게 씹어 먹고 있었다. 일반적인 사람은 하나도 못 먹을 걸 벌써 세 개째나.

그것도 진짜 사과처럼 심은 남겨 가면서 말이다.

"교수님, 저거…… 왜 저런 겁니까? 최면술의 부작용입니까?"

"아…… 미안합니다. 장난은 그만하죠."

심정상은 물을 꺼내서 박구한에게 내밀었다.

그리고 갑자기 그의 얼굴 앞에서 손뼉을 크게 세 번 쳤다.

"응? 크헉."

그 순간 박구한이 얼굴을 찡그리면서 콜록거렸다.

"아니…… 이거 양파잖아요? 켁켁."

"자, 자! 여기다 뱉으세요. 물로 입 헹구시고."

양파가 매웠는지 다급하게 뱉어 내는 박구한. 그리고 몇 번이나 입을 물로 헹궜다.

"내가 왜……?"

박구한은 이해가 가지 않는 표정이었다.

누가 봐도 양파다. 그런데 왜 자신은 사과라고 생각했을까?

"확실히 노형진 변호사님의 생각이 맞을 수도 있겠네요."

"제 생각이요?"

"네. 최면술이라는 건 일종의 학습과도 마찬가지거든요."

최면 상태가 오래될수록 최면술에 다시 걸리기 쉬워진다.

"그런데 박구한 씨는 너무 쉽게 걸립니다. 박구한 씨가 경계선 지적 장애를 가지고 있다는 점을 감안해도, 너무 쉽게 걸렸습니다."

자신의 장애 얘기가 나오자 고개를 숙이는 박구한.

자신이 장애가 있다는 생각은 해 본 적이 없으니 우울할 수밖에 없다.

"언제 최면을 거신 거예요? 저희는 몰랐는데."

고연미는 신기하다는 듯 말했다.

자신들과 함께 들어왔고 평범하게 이야기했다.

그사이에 일반적으로 생각하는 최면의 과정은 없었다.

"순간 최면이라는 기술입니다."

심정상은 그런 질문에 웃으며 말했다.

"사람의 정신을 순간적으로 제압해서 원하는 대로 행동하게 하는 기술이지요."

"살인도?"

"그 정도는 아닙니다. 하지만 일반적인 행동 정도는 할 수 있게 하지요. 가령 지금처럼 양파를 사과로 착각하게 하거나 돈을 건네주거나?"

"돈요?"

"네. 유럽에서 그런 놈들이 좀 있었습니다."

순간 최면으로 은행원을 조종해서 돈을 받아 가거나, 종이 쪼가리를 내놓고 상대방이 그걸 고액의 현금이라 생각하게 해서 거스름돈을 내놓게 하거나, 길거리에서 관광객에게 사용해서 지갑을 내놓게 하거나 하는 등의 범죄가 실제로 있다는 말이었다.

"물론 모두가 다 걸리는 건 아닙니다. 일반적으로 상대방에게 적대감이나 경계심이 없어야 쉽게 걸립니다."

심정상은 박구한을 바라보며 말했다.

"그래도 너무 쉽게 걸리네요. 아마도 최면술에 오래 노출되어 있었던 것 같습니다. 아까도 말씀드렸다시피 최면술에 오래 걸려 있으면 다른 최면에도 약해집니다."

노형진은 자신의 예상이 맞아떨어지자 상황을 곱씹었다.

누군가 확실히 최면을 걸었다.

그리고 살인을 유도했다.

"그러면 그 최면을 통해 범인을 알아낼 수 있나요?"

"흠, 시도는 해 볼 수 있습니다만…… 기대는 안 하시는 게 좋을 겁니다."

"네?"

"그런 최면을 거는 경우 거의 100% 시전자에 대해 비밀을 지키라는 최면도 같이 들어가거든요."

"그런 게 가능합니까?"

"살인도 시키는 판국에 비밀을 지키게 하는 것 정도는 어렵지 않지요."

"한번 시도해 주실 수 있을까요?"

자신이 최면에 걸렸다는 사실에 어이가 없어 하는 표정을 짓던 박구한은 심정상에게 매달렸다.

자신을 이렇게 만든 사람이 누군지 알아야 했다.

"일단 시도는 해 보겠습니다."

심정상은 자리에서 일어나서 건너편으로 이동해 박구한의 얼굴 앞에 흔들리는 시계추 하나를 들이밀었다.

"이런 건 생각보다 심하게 걸려 있기 때문에 일반적인 순간 최면으로는 안 됩니다. 그러니 제대로 하지요. 이 시계를 보세요."

시계를 흔들면서 최면을 걸기 시작하는 심정상.

어느 순간 박구한은 눈이 감기더니 잠든 것처럼 축 늘어졌다.

"지금부터 당신은 최면에 걸린 시점으로 돌아갑니다."

그렇게 천천히 걸리기 시작하는 최면.

그걸 보면서 고연미 변호사는 노형진에게 조용히 말했다.

"저 최면이라는 거, 우리 쪽에서도 쓸 수 있지 않을까요?"

"흠…… 그럴지도 모르겠군요. 새론은 다른 곳과는 다른 시스템을 운영하니까."

다른 곳이 그저 돈만 받고 법률적 방어만 해 주는 정도라면 새론은 조사 팀을 운영하고 프로파일러를 동원해서 사건을 적극적으로 파고든다.

그게 특징이었고, 그래서 억울한 사람들은 대부분 새론을 찾아온다.

법률적으로는 불리하더라도 억울하면 해결책을 찾고 싶어 하는 건 당연하니까.

"최면을 통해 진실을 알아내는 게 나쁜 것만은 아니니까요."

의뢰인이 거짓말하는 경우는 제법 많기에 그걸 알아낼 수도 있고, 반대로 의뢰인이 기억하지 못하는 뭔가를 찾아내서 소송에서 써먹을 수 있을지도 모른다.

물론 원하는 사람만 해야겠지만 말이다.

그러는 사이 박구한은 제대로 최면 상태에 들어갔는지 몸도 움직이지 않았다.

"당신은 최면에 걸리는 때로 돌아가 있습니다. 뭐가 보이나요?"

"주변에, 방이 보여요. 방이…… 모텔이나 호텔 같아요."

"혹시 그곳이 어디인지 알 수 있을까요?"

"모르겠어요. 이름을 알 수 있는 게 없어요."

노형진은 눈을 찌푸렸다.

최면에 걸렸다는 사실을 기억에서 지웠을 거라고 추측은 했지만 설마 진짜일 줄이야.

"날짜나 시간을 알 수 있는 건 있나요?"

"아무것도 없어요."

점점 깊어지는 최면. 그리고 흔들거리는 박구한.

"그곳에 누가 같이 있지요?"

"두 사람이 있어요. 둘 다 남자예요."

"두 사람이 뭐라고 하는지 들리나요?"

"모르겠어요."

"그러면 그 둘 중에 아는 사람이 있나요?"

"둘 다 모르겠어요. 둘 중 한 사람이 다가와요. 그리고…… 으아아악!"

갑자기 머리를 부여잡고 미친 듯이 비명을 지르는 박구한.

그걸 본 심정상은 재빨리 최면술을 풀었다.

"우웨에에엑!"

일어난 박구한은 아까 전 양파를 뱉어 냈던 통을 붙잡고는 오바이트를 하기 시작했다.

"웩웩!"

"으음……."

그걸 보고 있던 심정상은 진지한 표정으로 말했다.

"상대가 누군지 모르지만 최면술 전문가입니다. 사건에 대비해서 관련된 부분을 모두 잠가 놨네요."

언제 어디인지 알 수 있는 부분은 없었다.

모텔 같다는 이야기는 했지만 대한민국에 모텔이 어디 한두 개던가?

"풀 수 없습니까?"

"반응에 따라 달라지기야 하겠지만 저렇게 강하게 잠가 둔 정보는 푸는 것 자체가 심각한 위험을 동반합니다. 지금은 빨리 풀어서 저 정도인 겁니다."

"무슨 만화도 아니고 최면술로 사람을 죽게 한다는 게 가능한 건가요, 교수님?"

고연미의 말에 심정상은 솔직히 말했다.

"그건 모르겠습니다."

"네?"

"아시겠지만 최면술은 과학처럼 답이 나와 있는 부분이 아닙니다. 제가 최면술을 걸어도 누군가는 걸리고 누군가는 안 걸리죠. 설사 걸려도 각자 반응이 다르기도 하고요. 당연히 저런 걸 최면술을 통해 기억하지 못하도록 막을 가능성은 있습니다. 하지만 저는 그 부분을 영원히 알 수는 없겠지요."

"그게 무슨……."

그게 무슨 소리인가 하는 표정이 되는 고연미 변호사에게 노형진은 한마디로 모든 걸 이해시켰다.

"법무 법인 청계 같은 거군요."

"아……."

청계는 노형진이 무너트린 자들이다.

법을 이용해서 장난을 치고 권력을 잡으려고 했던 자들.

그들은 권력자들과 손을 잡고 범죄를 설계해 주었다.

"변호사들이 그런 방법을 몰라서 안 쓰는 게 아니죠."

해서는 안 되기에 하지 않는 거다.

물론 그걸 무시하는 놈들도 있지만.

"제가 최면술의 결과를 알아내는 방법은 결국 해 보는 수밖에 없으니까요."

심정상은 걱정스러운 표정으로 말했다.

물론 그걸 해 볼 수는 없다.

사람에게 죽으라고 최면을 걸 수도 없으며, 반대로 죽을 가능성이 있는 걸 알면서도 박구한에게 최면을 풀려고 시도할 수는 없다.

"제가 확인할 수 있는 건 최면이 걸려 있다는 정도입니다. 물론 오랜 시간 연구하고 치료하다 보면 풀 수 있을지도 모르지요. 하지만 한국에서는 그런 걸 연구하는 경우가 드문 데다가 시간이 얼마나 걸릴지도 모르는 상황입니다."

그때쯤이면 이미 범죄가 인정되어 감옥에 있을 텐데 현실적으로 그때 풀어서 죄를 없앨 수는 없다.

“방법은 정신병원으로 보내야 한다는 건데.”

문제는 그 정신병원으로 보내기 위해서는 법원의 판결이 필요한데, 법원에서 최면에 걸렸다는 사실만으로 정신병원에 보낼 가능성은 제로다.

“법원을 설득하려면 최면을 건 놈을 찾아야 하겠네요. 그런데 그게 쉽겠어요? 지금 아예 누군지 찾을 수 없을 것 같은데.”

고연미가 눈을 찡그리자 노형진은 차분하게 말했다.

“그러면 우리는 정석대로 가면 됩니다.”

“네?”

“최면이라는 건 변수일 뿐이지요. 하지만 우리가 그것만 잡고 수사해 온 건 아니지 않습니까?”

“그건 그러네요. 아, 그러면 우리가 조사할 건 이득을 볼 사람이군요.”

노형진은 고개를 끄덕였다.

“송하은의 죽음으로 인해 가장 많은 이득을 볼 사람. 그 사람을 찾는 게 우선이지요.”

사건은 정석에서부터

어떤 사건이든 그 사건으로 인해 이득을 보는 사람을 찾는 것은 가장 기본적인 과정이다.

"하지만 이런 사건은 그런 과정이 삭제됩니다. 그걸 이용해서 최면을 이용한 살인이 일어났을 가능성이 높고요."

현장에 증인과 증거가 넘쳐 나는데 '누가 이 사건으로 인해 이득을 얻을까?'라는 생각을 하는 경찰이나 검사는 없다.

애초에 그들은 최면이라는 걸 생각도 못 하고 있으니까.

"그러니 박구한 씨를 완전히 배제하고 생각해 보죠. 박구한 씨는 도구로 취급했다고 생각해 보면 답은 나옵니다."

"일반적으로 가장 많은 이득을 얻는 건…… 결국 가장 가까이에 있는 사람 아닌가요?"

고연미는 사건 기록을 보면서 말했다.

"이번 사건에서 완전히 벗어나 있기는 하지만 보통 살인 사건이 터지면 가장 먼저 의심받는 건 남편이지요."

"맞습니다. 정체 모를 살인 사건이 터지면 가장 먼저 의심받는 사람은 남편이나 아내입니다."

어쩔 수가 없다.

일단 그 둘 사이에 문제가 있는 경우도 많으니까.

그리고 가장 대표적인 예가 바로 보험 살인이다.

"하지만 보험이 늘었다거나 하는 기록은 없는데요?"

"보험만 본다면 그렇지요. 하지만 보험이라는 건 가입 시 당사자의 동의가 절대적으로 필요합니다. 특히 보험 살인 문제로 인해 생명보험은 더더욱 그럴 수밖에 없지요."

"음…… 그러네요. 자기를 죽일 걸 알면서 보험을 들어 줄 사람은 없으니까."

고연미는 고개를 끄덕거렸다.

그리고 그에 대한 한 가지 가설을 내놓았다.

"그렇다면 사이가 안 좋았다?"

보험료를 납부할 여력이 된다면, 그리고 둘 사이가 좋다면 보험을 가입하는 게 나쁜 것은 아니다.

세상은 위험한 일투성이고 미래가 어떻게 될지는 모르는 일이니까.

"그런 가능성 역시 존재하지요."

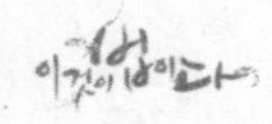

물론 보험을 들지 않았다는 것이 사이가 좋지 않다는 증거가 될 수는 없겠지만 말이다.

"이런 경우 가장 의심스러운 건 이광인입니다."

친하게 지냈고 같이 있는 시간이 길었으며 박구한의 지능이 떨어진다는 걸 누구보다 잘 알았다.

"동정표를 받기도 좋지요. 그런 상황에서는 누구도 그를 의심하지 않을 테니까. 그러면 이유는 여자일 가능성이 높겠네요."

"맞습니다."

보험이 목적이 아니라면 다른 건 뭘까? 보통은 이혼이다.

하지만 이런 경우에 상대방이 이혼해 주지 않는 경우가 많다.

한국은 이혼소송에 있어서 귀책사유를 심각하게 따진다.

귀책사유가 있는 사람이 아무리 이혼하고 싶어 해도 재판부에서는 아예 재판을 거부해 버린다.

이혼소송을 걸 수 있는 사람은 오로지 피해자뿐이다.

"이광인에게 다른 여자가 생겼고 송하은이 이혼을 거부했다면 살인까지 생각할 수도 있지요. 더군다나 재산 문제도 있으니까요."

"아, 재산 문제! 그렇겠네."

송하은과 이광인은 부부 사이지만 재산을 따져 보면 이광인보다 송하은이 더 부자였다.

그녀는 자기 건물에 자기 학원을 가지고 있는 사람이었고 이광인은 그저 평범한 회사원에 지나지 않았다.

"여자가 상대적으로 잘난 경우, 남자를 무시하는 경우가 종종 있지요."

그리고 그렇게 무시당하는 것에 대해 남자는 다른 여자를 두는 것으로 자신의 외로움과 감정을 채우는 경우는 제법 흔한 일이다.

바람을 피웠다면 당연히 이혼소송에서 불리할 수밖에 없다.

재산 분할은커녕 있던 재산도 다 빼앗기고 나올 가능성이 크니까.

"그래서 살인했다라……."

이유는 완벽하다.

"하지만 이상 징후는 안 보이지 않아요."

"바보가 아닌 이상에야 아내가 죽었는데 좋다고 내연녀를 만나고 다니지는 않을 겁니다."

노형진은 턱을 문지르며 생각에 빠졌다.

최면술까지 이용해서 살인하는 놈이 생각도 없이 지금 이 시점에 내연녀를 만나고 다닐까?

'그럴 리가 없지.'

내연녀 입장에서도 잠깐은 소홀하다고 생각할 수 있겠지만 그래도 참을 것이다.

엄청난 재산가를 붙잡을 수 있는 기회니까.

'내연녀도 살인에 가담한 걸까? 그건 알 수가 없겠지만.'

확실한 건, 일반적인 사건을 기준으로 한다면 이광인이 가장 의심스럽다는 거다.

"내연녀를 추적해 볼까요?"

"그걸 추적하는 건 현재로써는 의미가 없을 겁니다. 제가 봐서는 다른 것부터 확인해야 할 것 같네요."

"다른 것?"

"송하은이 과연 불륜 사실을 알고 있었느냐의 문제죠."

송하은이 불륜 사실을 알고 있었다면 그게 살인의 이유가 될 수도 있다.

"하긴, 불륜이 있었다고 아예 확정된 것도 아니긴 하네요."

일반적으로 많이 벌어지는 사건을 기준으로 추측한 것뿐이지 현재 이광인이 불륜을 저질렀다는 증거는 단 하나도 없다.

말 그대로 추측일 뿐이다.

"하지만 그것에 대해 알아볼 방법이 있을까요?"

"학원 선생님들은 알지 않을까요?"

송하은은 학원을 운영했고 거기에는 많은 선생님들이 있다. 문제가 있었다면 그들 중 일부는 이상함을 느꼈을 수도 있다.

"한번 알아보죠."

노형진의 말에 고연미는 고개를 끄덕거렸다.

⚖

이런 사건을 질문할 때는 노형진보다는 고연미가 더 나았다.

학원 선생님들 중 남자들은 좀 무신경한 부분이 있으니까.

더 예민한 건 여자들이기에, 고연미는 노형진과 함께 사람들을 만나서 이야기를 나눴다.

그리고 그 결과, 나오는 답은 의외였다.

"이상한 건 전혀 없었어요."

"네? 뭐 화를 내거나 하는 걸 본 적이 있느냐고요? 아니요, 평소랑 같았는데요."

송하은은 그저 평소와 같았을 뿐, 특별히 무슨 일이 있는 것으로 보이지는 않았다고 한다.

"그러면 송하은 씨가 자기 감정을 잘 감추는 편이었나요?"

"그건 아니었던 것 같아요. 일에 방해될 정도는 아니었지만 그래도 기분 나쁘다는 티는 내는 편이었거든요."

아무래도 학원을 하다 보면 별의별 인간을 만날 수밖에 없다.

그런 인간들을 보면 감정이 상할 수밖에 없는데, 그걸 자기들끼리 있을 때는 어느 정도 알아챌 수 있는 수준으로 티를 내기는 했다고 한다.

"그러면 집에 무슨 문제가 있다거나 하는 걸 말한 적은 없나요?"

"아니요. 그런 이야기는 없었어요. 이혼 같은 걸 생각한 거라면 말도 안 돼요. 남편분이 얼마나 자상했는데요. 학원이 늦게 끝나면 데리러 오고 그러던 분이세요."

"그래요?"

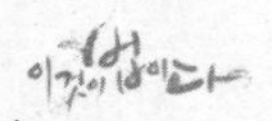

보아하니 송하은은 불륜이나 다른 가능성에 대해 몰랐던 모양이다.

'어쩌면 진짜로 우리가 엉뚱한 곳을 파고 있을 수도 있지.'

일반적으로 본다면 남편이 재산 때문에 살인을 청부하거나 하는 사건이 많은 건 사실이지만 모든 사건에서 그게 정답인 것은 아니다.

"왜 그러시는데요?"

"아니, 혹시 협박을 당하거나 한 일은 없는지 조사 중이거든요."

지금 상황에서 '남편이 바람을 피웠을 가능성에 대해 조사합니다.' 같은 이야기를 하면 쫓겨나는 건 당연한 일이었다.

그러니 다른 이유를 대는 것이 정상.

당장 지금 이야기하는 것도 우호적이지 않아서, 적당한 대가를 주는 조건으로 선생님 한 분을 설득한 것이었다.

"혹시 원한을 가진 사람이 있거나 하지는 않을까요?"

"미안한데 그건 제가 아니라 살인범한테 물어봐야겠지요. 저는 모르는 일이니까. 하지만 원장님한테 원한을 가질 만한 사람은 없었던 것 같아요."

물론 학원을 운영하면서 학원비나 기타 다른 문제로 싸울 수는 있지만 그걸로 살인까지 하지는 않을 거라는 거다.

'흠…….'

노형진은 옆에서 두 사람의 대화를 듣다가 슬쩍 질문을 하나 던졌다.

"남편분이 옛날부터 자주 데리러 왔나요?"

"옛날에요? 글쎄요. 그러고 보니 자주 온 건 아닌 것 같은데, 언제부터 온 거더라?"

기억이 가물가물한 건지 선생님은 고개를 갸웃했다.

"일단 감사합니다. 나중에 다른 질문이 있으면 연락드리겠습니다."

대충 질문을 던졌지만 이광인이 바람을 피웠다는 증거는 없었다.

"우리가 방향을 잘못 잡은 걸까요?"

"아니요. 제대로 잡은 것 같습니다."

"네? 어째서요?"

"방금 제가 물어봤으니까요?"

"하지만 바람피우는 정보는 없다고 했잖아요?"

"그 대신에 최근 들어 자주 데리러 왔다고 했지요. 사람이 갑자기 변하는 이유는 뭔가 있기 때문입니다."

원래 자주 데리러 왔다면 모를까, 최근 들어서 자주 데리러 온다는 건 뭔가가 바뀌었다는 거다.

"부부 관계가 갑자기 좋아졌으리라고 보기는 힘들죠."

"죄책감을 생각하시는 거군요."

"죄책감일 수도 있고 속임수일 수도 있고. 어느 쪽이든 반동이라는 건 있는 법이니까요."

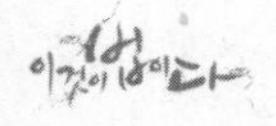

바람피우는 사람들은 갑자기 가정적으로 변하거나 상대방에게 잘해 주는 경우가 있다.

그건 상대방에 대해 미안함을 가지고 있거나 자신이 바람피우는 것을 감추고 싶을 때 자신도 모르게 나오는 일종의 방어 행동이다.

"이광인이 늦은 밤에 아내인 송하은을 데리러 오는 건 나쁘지 않은 대비책이기도 하고요."

"대비책?"

"오늘 언제 끝나냐, 내가 데리러 가겠다고 말하면 어떻게 될까요?"

"아!"

당연히 송하은은 끝나는 시간을 말해 줄 것이다.

그리고 최소한 그때까지는 그에게 안전하게 바람피울 수 있는 시간이 될 것이다.

"정황증거일 뿐이지만 가능성은 있네요."

"일단 그 증거에 대해 회사에다가 문의해 보지요."

"문의요?"

"네. 그쪽에서 어떻게 나올지는 모르지만요."

노형진은 회사에 이광인의 근무 기록을 요청했다.

물론 그것에 대해 회사 측에서는 상당히 불편하다는 심기를 내비쳤다.

아내가 죽어서 멘탈이 나간 사람의 뒤를 캐서 뭘 어쩌겠느냐는 식으로 대답한 것이다.

당연히 이광인에게도 그 사실을 알렸고, 이광인은 즉각 반응했다.

"도대체 이게 뭐 하는 짓입니까?"

노형진을 찾아온 남자, 그는 이광인의 변호사였다.

"당신들이 박구한 그 개새끼의 변론을 하고 있는 건 알지만 아무리 그래도 그렇지 피해자를 건드려요? 당신들 생각이 있어요, 없어요?"

"이런 사건에서 남편을 확인하는 건 당연한 절차입니다."

"당연한 절차? 우리 변호사끼리 개소리하지 맙시다. 현장의 증인이 몇인데? 도대체 왜 피해자를 건드려요?"

"저희 쪽에서는 의심할 만한 정황증거가 나와서요."

"정황이 아무리 뚜렷해 봤자 정황증거입니다. 이 이상 피해자를 건들면 당신들도 고소하겠습니다."

있는 대로 화를 내고 나가는 변호사.

그런 변호사의 뒤통수를 보면서 고연미는 입맛을 다셨다.

"어쩌죠? 회사에서 도와줄 생각이 없는 것 같은데."

"알고 있습니다. 예상하고 자료를 요청한 겁니다."

"예상하고요?"

"네. 일단 우리는 살인범을 변호하고 있으니 저쪽에서 좋게 볼 리가 없지요."

"그러면 쓸데없이 건드린 거 아니에요?"

"제가 건드린 건 이광인이 아닙니다. 내연녀지."

"네?"

노형진의 말에 고연미는 이해가 안 간다는 표정이 되었다.

자신들이 회사에 자료를 요구한 것은 이광인을 노린 거라 생각했다. 그런데 내연녀를 건드렸다는 것은 도무지 말이 안 되었으니까.

"어째서요? 이해가 안 가는데요."

"내연녀를 만났다면 어디서 만났을 것 같습니까?"

"으음?"

고연미는 잠깐 생각에 빠졌다.

과연 내연녀를 어디서 만났을까? 술집?

술집은 아니다.

술집에서 만났다면 잠깐의 관계로 끝났을 가능성이 크다.

그리고 술을 마셔야 한다는 특성상 데리러 가기도 힘들어진다.

그렇다면 누군가의 소개로?

그럴 가능성도 낮다.

외부적으로 이광인은 유부남이다.

당연히 누가 그에게 여자를 소개시켜 주는 헛짓거리를 하지는 않았을 것이다.

"가장 흔한 건 당연히 회사겠네요."

"맞습니다."

노형진은 고개를 끄덕거렸다.

불륜의 절대다수는, 특히 직장인의 경우는 회사 내부에서 벌어진다.

'오피스 와이프'라는 말이 있다.

회사 내부에서 함께 일을 하다 보면 자연스럽게 친해지고 서로 말이 통하는 사람이 생기게 마련이다.

그게 여자인 경우 회사에 있는 아내처럼 되어 버리는데, 그걸 보통 오피스 와이프라고 한다.

"그러면 오피스 와이프가 있는지 확인하시려는 거예요?"

"그렇습니다."

오피스 와이프는 말 그대로 회사에서 긴밀하게 일하는 관계일 수도 있지만 아차 싶으면 불륜 관계가 된다.

"그런데 그런 자료를 요구하는 것과 불륜녀를 자극하는 게 무슨 관계가 있지요?"

"간단합니다. 우리가 이광인을 지켜보고 있다는 걸 그쪽에 알리는 거죠."

이광인이 만일 회사에서 바람을 피운다면 그 대상은 당연히 회사 사람이라는 뜻이다.

그리고 노형진과 새론은 가해자인 살인범을 변론하는 처

지이다.
"그렇다면 우리가 그러한 자료를 요구하는 것은 아주 뻔뻔하고 후안무치한 행위가 됩니다."
당연히 그것에 대해 회사에서는 욕을 할 테고, 피해자인 이광인에게도 이야기할 것이다.
"아마도 회사 내부에서는 우리를 욕하는 분위기가 조성되겠지요."
"그렇지요."
"그러면 이광인은 어떤 선택을 할까요?"
"당연히 내연녀와 거리를 두려고 하겠지요. 아하! 내연녀가 조바심이 나게 하려고 하시는 거군요!"
노형진의 계획을 알아챈 고연미는 자신도 모르게 탄성을 내질렀다.
자신은 생각도 못 한 계획이었으니까.
"맞습니다."
이광인은 이제 돈 많은 홀아비가 되었다.
지금이야 눈물콧물 질질 짜고 있지만 그 돈이 사라지는 것은 아니다.
"그 말은 먹음직스러운 대상이라는 거죠."
흔하게 있는 일이, 힘든 사람을 잘 보듬어 주면서 관계가 깊어지는 것이다.
"만일 이광인이 바람을 피우고 있다면 그 여자는 어떤 생각이 들까요?"

자기와 결혼해서 그 돈을 나눌 거라 생각할까?

물론 처음에는 그럴지도 모른다.

"하지만 내부에 강력한 라이벌이 생긴다면 이야기가 달라지지요."

노형진은 빙긋 웃었다.

"강력한 라이벌요?"

"그렇습니다. 강력한 라이벌 말이지요, 후후후. 이따가 그 강력한 라이벌을 만나러 갈 건데, 같이 가시겠습니까?"

강력한 라이벌. 그건 다름 아닌 이광인의 부서에 있는 여직원이었다.

유재민이라고 하는 여성이었다.

나이는 26세, 미혼이고 상당한 외모를 가졌다.

"제가 이광인 부장님한테 들이대는 조건이 2천만 원이라는 건가요?"

"그렇습니다."

노형진은 고개를 끄덕거렸다.

물론 박구한이 내는 돈은 그보다 훨씬 적다.

하지만 노형진은 이번 사건이 상당히 중요하다고 생각했다.

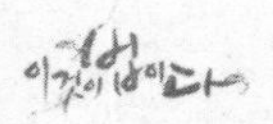

만일 최면술사가 이광인이 아니라 다른 사람이라면, 이런 식으로 최면술을 이용한 범죄가 더 있을 수 있기 때문이다.

그래서 직접 돈을 내는 한이 있어도 이번 사건의 끝을 볼 생각이었다.

"돈이 혹하기는 하지만 솔직히 마음이 동하지는 않네요."

유재민은 눈을 찡그리며 말했다.

변호사에게 연락이 와서 무슨 일인가 하고 나왔더니 터무니없는 조건을 달고 있으니까.

"사모님이 어떻게 떠나셨는지 아는데 제가 그렇게 들이댈 정도로 후안무치한 사람은 못 되거든요? 그리고 저 남자 친구 있어요."

"아, 오해하셨군요. 대놓고 들이대라는 게 아닙니다."

"그게 무슨 말씀이지요?"

"여자들은 공감 능력이 뛰어나지요. 당연히 지금 이광인 씨가 힘들어하시는 걸 아실 겁니다."

"알죠. 이 부장님은 요즘 힘들어 죽으려고 하니까. 살아도 산 게 아닌 상황이에요."

"그러니 챙겨 드리라는 거죠. 꼬시는 게 아니라, 같은 팀원으로서 말입니다."

"같은 팀원으로서? 내가 왜 그래야 하지요?"

아무래도 여기까지 나오긴 했지만 그래도 같은 팀의 부장에게 더 신경을 쓰는 것은 어찌 보면 당연한 일.

"저희 입장에서는 박구한 씨가 이용당하고 있는 것 같거든요."

"이미 살인 현장에서 현행범으로 잡혔다고 소문이 파다하게 났어요."

"알고 있습니다. 그런데 살인을 청부한 게 이광인 씨라는 심증이 있습니다. 박구한 씨는 그걸 입 다물고 있는 것 같고요."

그러자 유재민의 표정이 이상해졌다.

"당신들, 박구한 씨 변호사 아니었어요? 박구한 씨가 자기를 지켜 주려는 변호사한테 왜 거짓말을 해요?"

"이유는 알 수 없습니다. 사실 종종 그런 경우도 있고요. 저희는 그걸 알아보려고 하는 겁니다."

"이해가 안 가네."

"저희도 이해가 안 갑니다. 그러면 유재민 씨에게 하나만 묻겠습니다. 박구한 씨가 그렇게 한 여자를 무참하게 살해할 사람이던가요?"

이광인은 팀원으로서 박구한을 잘 챙겼다.

그 말은 박구한 역시 그녀와 같은 팀원이었다는 소리다.

그러니 평소의 박구한에 대해 그녀가 아는 것은 당연한 일.

"으음……."

유재민은 살짝 고민하더니 한숨을 푹 쉬었다.

"확실히 그럴 사람은 아니죠. 어리숙하고 제대로 적응하지 못하는 부분이 있기는 하지만."

제대로 일을 못해서 매일같이 혼나면서도 제대로 대꾸도

못 하는 게 박구한이었다.

그런 그가 이유도 없이 본 적도 없는 송하은을 살해했다는 건 사실 유재민의 입장에서도 이해가 가지 않는 부분이기는 했다.

"그래서 저희가 이광인 씨가 바람피우고 있는 것이 아닌가 의심하는 겁니다."

유재민은 눈을 찡그렸지만 말을 자르지는 않았다.

"물론 저희가 후안무치한 행동을 하는 것이라고 생각하실 수도 있습니다. 하지만 만일 이광인 씨가 살인을 청부한 거라면, 그래서 박구한 씨를 이용한 거라면 저희는 변호사로서 최선을 다해서 진실을 찾아야 합니다. 그리고 그건 박구한 씨를 위한 게 아니라 피해자인 송하은 씨를 위한 겁니다."

유재민은 어느 정도 납득한 표정이었다.

"직접적으로 들이대거나 하라는 건 아니죠? 솔직히 그건 곤란하거든요."

이제 막 아내를 잃은 이광인에게 그런 식으로 행동하면 회사 내부에서도 좋게 보지 않을 게 뻔하다.

계속 회사를 다녀야 하는 유재민에게는 곤란한 일이었다.

"아닙니다. 딱 부서 내부에서 안타까운 마음에 챙겨 주는 정도의 포지션이면 됩니다."

"알았어요. 그건 제가 할 수 있겠네요. 하지만 그런다고 해서 뭐가 바뀌나요?"

"그걸 알아보기 위한 겁니다. 만일 유재민 씨가 그런 행동을 했을 때 예민하게 반응하는 여자가 있다면 그 여자가 내연녀일 가능성이 있으니까요."

그렇다면 거기서부터 사건을 조사하면 된다.

"그런 여자가 없다면?"

"모두 끝인 거죠. 유재민 씨는 2천만 원을 받으시는 거고 자상한 여직원이라는 이미지가 생기겠지요."

유재민에게는 나쁜 선택이 아니었기에 고개를 끄덕거렸다.

"알았어요. 하도록 하지요. 물론 이 모든 건 비밀이겠지요?"

"네. 다만 필요 이상으로 접근하거나 유재민 씨에게 화를 내는 여자가 있다면 저희 쪽으로 알려 주시면 감사하겠습니다."

"그 정도는 해 드리지요."

유재민은 고개를 끄덕거렸고 이제 남은 건 상대방의 반응뿐이었다.

⚖

그날부터 유재민은 바로 이광인을 챙기기 시작했다.

도시락을 싸다 주는 정도는 아니어도 빵이나 음료수를 사다 주며 자주자주 힘내라고 하면서, 미묘한 위치에서 이광인에게 말을 걸었다.

"너 요즘 부장님한테 잘한다면서?"

"안 하게 생겼냐? 하루가 멀다 하고 바짝바짝 말라 가는데."

"하긴. 그 살인범은 아직 재판 중이라지?"

"그러니까. 억울해서 잠도 못 주무시는 것 같아."

동기들은 잘해 준다는 것에 대해 그다지 의심하지 않았다.

누가 봐도 이광인이 상당히 불쌍한 상황이었고 어떻게 해서든 버티려는 것처럼 보였으니까.

더군다나 유재민에게는 미래를 약속한 남자 친구가 있다는 것도 알고 있었기에 다들 무심하게 넘어갔다.

딱 한 명만 빼고.

"너 요즘 이광인 부장님한테 꼬리 친다면서?"

다짜고짜 자신을 휴게실로 불러서 짜증을 부리는 호상미 과장의 말에 유재민은 눈을 찌푸렸다.

"그게 무슨 말씀이세요, 과장님?"

"아니야? 너 요즘 아주 이광인 부장님한테 공들이던데?"

"제가 공을 왜 들여요? 결혼까지 약속한 남자 친구가 있는데. 그냥 힘들어하시는 거 보고 챙겨 드리는 거지."

"그런 말 하는 년들이 꼭 설레발치더라? 이제 부장님이 부자 된다고 하니까 꼬리 치는 거 아니야?"

평소와 다르게 극도로 공격적으로 나오는 호상미 과장의 모습에 유재민은 노형진이 해 줬던 말이 생각났다.

-만일 내부에 바람피우는 여자가 있다면 분명 유재민 씨

에게 적대적으로 나올 겁니다. 현재 상황을 본다면 그녀는 섣불리 접근할 수가 없을 테니까요. 당연히 유재민 씨를 라이벌이나 적이라고 생각하겠지요. 자기 자리가 위험해지니까.

노형진은 유재민에게 그렇게 설명해 줬지만, 유재민은 설마 하면서 그저 시키는 대로 했다. 손해 보는 건 없었으니까.

그런데…….

'설마 진짜로 바람피우는 중이었던 거야?'

유재민은 어이가 없었지만 그래도 애써 속으로 화를 집어삼켰다.

그렇게 생각하지 않았는데 꼬리를 치니 하는 식의 의심에 짜증이 나기도 했고, 바람이나 피우는 여자가 자신을 압박한다는 게 어이가 없기도 했다.

"죄송한데요, 저는 진짜 부장님한테 아무런 감정도 없어요."

"그렇잖아도 부장님 요즘 힘드신데 주변에서 그만 알짱거려. 그럴수록 주변에서 말 나오는 거 몰라?"

"죄송해요."

'말 나오기는 개뿔.'

이미 친구들과 명백하게 이야기를 나눴고 선을 넘는 행동은 하지 않았다.

그랬기에 그냥 힘든 부장님 챙겨 드린다는 이야기가 돈다는 것 정도는 그녀도 알고 있었다.

'이거 어이가 없네.'

그럼에도 불구하고 자신에게 적대적으로 나온다는 것. 그건 호상미가 불륜녀라는 걸 인정하는 꼴이나 마찬가지였다.

"쓸데없이 분란 일으키지 말고 조용히 회사나 다녀. 안 그래도 박구한 때문에 회사 분위기 개판 된 거 몰라?"

"죄송합니다."

"너, 내가 두고 본다."

그렇게 말하면서 휴게실을 나가는 호상미.

뒤에 남은 유재민은 한숨을 푹 쉬고는 전화기를 들었다.

"고 변호사님? 저 유재민이에요. 좀 이상한 사람이 있어서요."

그녀는 혼수 비용 벌었다면서 속으로 미소를 지었다.

⚖

노형진은 바로 호상미와 이광인에게 사람을 붙였다.

호상미가 유재민을 몰아붙였지만 사람의 심리라는 게 그렇게 단순하게 끝날 리가 없기 때문이다.

아니나 다를까, 그동안 만나지 않았던 두 사람은 결국 외부에서 조용히 만났다.

—지금 장난해요?

—또 뭘? 내가 당분간 만나지 말자고 했잖아?

—아니, 눈앞에서 여자랑 짝짜꿍해 대는 게 빤히 보이는데 만나지 말자는 말이 나오냐고요?

—나 아무런 감정도 없다니까.

—그러면 하지 말라고 해야 할 거 아니에요?

—내가 힘들어 보인다고 챙겨 주는 걸 그럼 어떻게 해? 안 그래도 나 힘든 티 내느라고 밥도 굶어 가면서 그 지랄 하는데 너까지 이럴래?

—적당히 하라는 거예요, 적당히.

—적당히 어떻게 해? 새론 그 새끼들이 회사에 내 출근 자료 달라고 했다잖아! 그 새끼들이 날 노리는데 그냥 당하고 있어?

—그게 상관있어요? 어차피 송하은은 죽었어요. 박구한 그 멍청이가 왜 죽였는지는 모르지만, 죽은 년이 이제 와서 뭘 어쩐다고요? 솔직히 난 당신이 나와 거리를 두는 이유를 모르겠어요. 어차피 그년도 없는데 나랑 만나는 게 뭐 어때서요?

—눈치가 보인다는 거지, 눈치가! 아무리 그래도 아내가 죽었는데 바로 재혼한다고 하면 회사에서 좋게 보겠어? 너는 회사 안 다닐 거야?

—그거야…….

—아직 재산 정리도 안 끝났어. 재판도 안 끝났다고. 최소한의 시간은 보내자. 나 못 믿어? 내가 너 사랑한다니까. 널 위해 내가 뭐든 다 할 수 있다고 했잖아.

노형진은 들려오는 소리를 무시하고 플레이어를 그냥 꺼 버렸다.

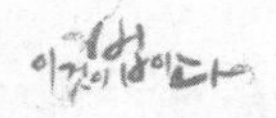

다행히 두 사람이 커피숍에서 이야기한 덕분에 슬쩍 녹음할 수가 있었다.

물론 그들은 그런 걸 몰랐겠지만 말이다.

"바람피우는 건 확실해졌네요."

고연미는 진지하게 녹음 파일을 듣고는 말했다.

"대충 상황을 보니 호상미 쪽은 이광인이 살인했을 거라고는 꿈에도 모르는 모양인데."

"그런 것 같아요."

만일 살인에 호상미가 가담했다면 이렇게 사람이 많은 곳에서 당당하게 이야기를 꺼낼 가능성은 그다지 높지 않다.

당장 호상미는 그 문제를 꺼내고 있지만 반대로 이광인은 말을 돌리기 위해 노력하고 있었다.

"그러면 호상미에게 접근해서 사실을 말해 주면 정보를 줄까요?"

"글쎄요. 그건 그다지 가능성이 높지 않아 보이네요."

노형진은 고연미의 말에 고개를 흔들었다.

"호상미의 경우는 어느 쪽이든 손해 보는 게 없습니다. 그런 거라면 나중에 큰 이득이 남는 쪽을 선택하겠지요. 그리고 그건 이광인 쪽이고요."

호상미에게 접근해서 최면술을 이용한 살인을 이야기해 준다 해서 과연 그걸 믿을까?

가능성은 그다지 높지 않다.

설사 믿는다고 한들, 어차피 이광인과 결혼하게 되면 이광인이 물려받는 송하은의 유산은 자기 돈이나 마찬가지가 되는데 과연 그냥 물러날까?

설혹 물러난다고 해도, 경찰에 제보한다거나 그럴 것도 아니다.

호상미가 경찰에 사실은 자신이 이광인과 바람피웠다고 이야기한다고 해도, 한국에서 불륜은 이제 범죄도 아니며 그 피해자인 송하은은 이미 죽었다.

당연히 그걸 제보하지 않는다고 그녀가 피해를 입진 않는다.

"입을 다물면 수십억대 재산이 굴러들어 올 수 있지만 걸려도 처벌은 없습니다. 그런 거라면 당연히 입을 다물겠지요."

"그러면 이광인과 사이를 찢을 방법을 찾는다거나……."

"그것도 힘들 겁니다. 이광인은 살인을 불사하고 호상미를 잡으려고 했습니다. 그런 그들 사이를 찢어 놓기는 힘들 겁니다. 더군다나 증거가 없는 데다가 그런다고 해서 뭔가 바뀌는 것도 아니고요."

"끄응."

고연미는 신음을 흘리며 고개를 흔들렸다.

"도대체 왜 최면술까지 동원해서 살인을 한 건지 모르겠어요. 그럴 거면 차라리 최면술을 통해 그냥 이혼하는 걸로 하면 안 되었던 걸까요?"

"모르지요. 돈 욕심일 수도 있고, 아니면 시도는 했지만

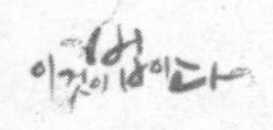

실패했을 수도 있고요."

설사 합의이혼이라고 해도 송하은의 재산은 결혼 전까지 그녀가 가지고 있던 재산이기에 이광인이 재산을 거의 못 가지고 나오는 건 마찬가지다.

설사 송하은을 최면술로 불륜에 빠트리거나 이혼 사유를 만든다고 해도, 몇천만 원 정도의 손해배상을 더 받을 수 있을 정도이지 충분한 돈을 받을 수는 없다.

그리고 시도한다고 해도 상대적으로 지능이 높은 사람은 잘 걸리지 않는 게 일반적이다.

정확하게는 낯선 사람에게 쉽게 마음을 열지 않다 보니 쉽게 걸리지 않는 것이다.

"송하은은 자신의 학원을 운영했을 정도로 지능이 높은 사람이었습니다. 경계선 지적 지능을 가진 박구한과는 여러모로 다르지요."

그러니 시도했다고 해도 실패했을 가능성도 존재한다.

최악의 경우 그 모든 걸 알아차리고 역으로 저쪽에서 이혼 얘기를 꺼내게 되면 이광인은 완전히 개털이 되는 거다.

"아무래도 이광인이 살인하도록 한 건 맞는 것 같은데."

자신을 믿는 박구한을 이용하여 최면을 걸고 살인하게 했을 것이다.

"응?"

그런데 노형진은 계속 그 생각을 하다가 문득 이상하다는 생각이 들었다.

"그러고 보니 어떻게 살인을 시켰지요?"

"최면이라면서요?"

"최면이기는 합니다. 하지만 그 당시 사건 기록을 보면 전혀 최면을 시도할 상황은 아니었거든요."

박구한은 회사 업무가 끝난 후에 자신의 자동차를 몰고 집으로 갔다고 한다.

그런데 어째서인지 그는 학원으로 갔다.

정확하게는, 집에 갔다가 나와서 학원으로 가 송하은을 살해했다.

"그런데 그걸 어떻게 가능하게 했느냐는 거죠."

"그게 무슨 말이에요?"

"이광인은 그날은 박구한과 같이 움직이지 않았습니다."

집에 가지도 않았고 같이 움직이지도 않았다.

더군다나 누군가가 박구한과 함께 있지도 않았다.

이미 경찰이 현장의 차량과 집 앞에 있는 CCTV를 다 털어서 확인한 내용이다.

"쉽게 말해서 어떻게 발동시켰는지를 모르겠다는 거지요."

"어, 그 부분은 우리도 모르기는 하네요."

사람이 옆에서 그렇게 하라고 시킨 게 아니라면 당연히 다른 뭔가를 이용해서 했다는 거다.

"교수님한테 한번 여쭤보지요."

노형진은 바로 심정상에게 전화를 걸었다.

그리고 심정상은 그 이야기에 바로 대답해 줬다.

–아마도 단어 발동일 겁니다.

“단어 발동요?”

–영화에서 많이 나오지요? 특정 단어를 들으면 그에 따라 최면으로 지시한 행동을 하도록 하는 거지요. 현실적으로 가능한 일입니다. 물론 그 단어 자체는 거의 쓰이지 않는 단어일 겁니다. 다른 사람들이 실수로 그 말을 했다가 발동되면 곤란하니까.

“하지만 같이 있던 사람이 없었습니다만.”

–핸드폰 같은 걸로도 발동이 가능합니다. 단어 발동에서 중요한 것은 단어 그 자체이지 발동자가 아닙니다. 누구든, 그 단어를 쓰는 것만으로 발동할 수 있지요.

“핸드폰이란 말이지요.”

노형진은 물끄러미 박구한의 통화 기록을 바라보았다.

경찰에서는 당연히 박구한의 통화 기록을 확보했다. 다른 누군가가 청부했을 수도 있으니까.

하지만 그럴 만한 내용은 없었다.

단 하나 집을 나서기 바로 직전에 걸려 온 전화가 있었지만 그걸 의심하지는 않았다.

그건 통화 기록을 보면 채 3초도 되지 않는다.

뭔가를 시키거나 하기에는 부족한 시간이다.

"단어 하나란 말이지."

그러나 단어 하나를 말하기에는 충분한 시간.

노형진은 드디어 꼬투리를 잡을 수 있었다.

다음 권으로 이어집니다

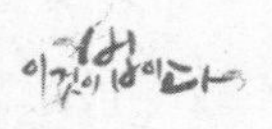